闇の用心棒【一】

鳥羽　亮

コスミック・時代文庫

この作品は二〇〇四年二月に刊行された『闇の用心棒』
（祥伝社文庫）を再編集したものです。

目次

地獄宿《やど》……5
陰《いん》鬼《き》……48
群《ぐん》狼《ろう》斬り……96
鬼首百両……139
白《びやっ》狐《こ》……182
妖《よう》異《い》暗《あん》夜《や》剣《けん》……232

地獄宿《やど》

1

新辻橋《しんつじばし》のたもとに、蓬髪《ほうはつ》のように枝を垂らした柳があり、その樹《こ》陰《かげ》に女がひとり立っていた。身を隠しているのではない。むしろ、女は人目をひいた。十六夜《いざよい》の月が皓々《こうこう》と輝き、柳が風で枝を揺らすたびに女の姿を、くっきりと闇から浮き上がらせていたからである。

女は縞木綿《しまもめん》の着物に下駄履《げたば》き、白手ぬぐいをかぶり、小わきに筵《むしろ》をかかえていた。夜鷹《よたか》である。

本所《ほんじょ》を流れる竪川《たてかわ》と横《よこ》川の交差するところに、新辻橋、南《みなみ》辻橋、北《きた》辻橋の三つの橋がかかっており、土地の者は総称して撞木《しゅもく》橋などと呼んでいた。この辺りは岸辺や橋下などに茅《かや》や葦《あし》などが茂り、日が沈むと急に寂しくなるが、橋ぎわで袖《そで》を引く夜鷹のあらわれることで知られた場所でもある。

深川《ふかがわ》の方から横川沿いの道を、武士がひとり歩いてきた。旗本か内証《ないしょう》のいい御家人であろうか、紺地《こんじ》に霰小紋《あられこもん》の小袖《こそで》に袴《はかま》姿、黒鞘《くろざや》の二刀を差している。中背でほっそりした体軀《たいく》に見えるが、胸が厚くどっしりした腰をしていた。

歳は三十前後であろうか、細面《ほそおもて》の端整な顔立ちの男だったが、細い目と薄い唇が酷薄《こくはく》そうな印象をあたえた。

「お侍さま、ちょっと遊んでってくださいな」

柳の樹陰に立っていた女が、歩み寄って声をかけた。

「…………」

武士は立ちどまり、無言で女を見つめた。

「ねえ、旦那、お安くしときますから……」

女は武士のそばに身を寄せた。色白の肉置《ししお》きの豊かな女で、首筋にぬった白粉《おしろい》の匂いが武士の鼻をついた。

「女、いくつになる」

低い、くぐもった声で武士が訊《き》いた。

「十七ですよ。まだ、ひとり者……」

女は鼻にかかった色っぽい声をだした。十七というのは嘘だろうが、月明りに浮かび上がった女の肌は蠟《ろう》のように白く張りもあった。

武士は品定めするような目で、女の肌や顔を見ていたが、よかろう、と言って口元にうすい嗤《わら》いを浮かべた。

女は通りから少しはなれた新辻橋の橋ぎわの土手の叢《くさむら》に筵を敷くと、

「三十六文《もん》ですよ」

と言って、帯を解く手を途中でとめた。

男はすぐに財布から、小粒銀《こつぶぎん》を取り出し、女の手に握らせた。

「あら、こんなに……」

女は満面に喜色を浮かべ、旦那の好きなようにしていいからさ、と言いながら急いで帯を解いた。

武士は袴だけ取って、女を抱いた。女の裸体にかぶさり、荒々しく女の両足をひろげると、己《おのれ》の一物を股間に挿入させたが、顔は氷のように冷たく無表情だった。

「だ、旦那ァ……。も、もっと……」

女は喘《あえ》ぎ声とともに鼻声を出し、武士の欲情を煽《あお》るようにさかんに腰を動かしはじめたが、声には商売用の媚《こ》びるようなひびきがあった。

武士はいっとき下腹部を女の肌に密着させたまま動かずにいたが、両膝をついて身を起こすと、女の背に左腕をまわしてかかえあげた。

「あれ、もうおしまいかい」

女は訝《いぶか》しそうな目を武士にむけた。

武士は何も応えず、ふいに両足を前に投げだすと、女に、股《また》をひらいておれの前へ跨《また》がれ、と言った。

「うふ、そういうのがいいのかい……」

女は猫のように目を細め、両足をひらいて武士の太腿《ふともも》の上に跨がった。意外にすれっからしらしく、恥じるような素振《そぶ》りはまったくない。

武士は左手を女の腰にまわし、ぐいと引き寄せると女の股間に己の一物を挿入させた。そして、何を思ったか、右手でかたわらに置いてあった小刀をつかみ、

「女、極楽を見せてくれい」

そう言って、小刀の鞘を口にくわえて抜き放った。

一瞬、女は驚愕《きょうがく》に目を剝《む》き、身をかたくしたが、ヒッという喉の裂けるような悲鳴をあげ、自由になる左手で男の胸を突き飛ばそうとした。だが、抱きしめた

武士の左手に万力《まんりき》のような力がくわわり、女の体をがっちりと押さえて離さなかった。

武士の顔にうす嗤いが浮き、右手で持った小刀の切っ先を女の胸乳《むなぢ》に当てると、スッと横に裂いた。

瞬間、恐怖が張り付いたように女の顔が歪《ゆが》み、ギャッ、という絶叫があがった。白肌に赤い血の線が疾《はし》り、見る見る鮮血が流れ出て女の胸を赤い布でおおったように真っ赤に染めていく。女は頭髪を振り乱し、激しく身をよじって武士から身を離そうとした。

「女、そう騒いでは、極楽が見えぬ」

そう言うと、武士は小刀で女の首筋を斬った。

ビクン、と女の上半身がつっぱり、首筋から噴血が驟雨《しゅうう》のように散った。血管を斬ったのだ。女は目を剝いたまま人形のように首をびくびく顫《ふる》わせ、撒くように血を噴出させた。

女の体をかかえたまま血の噴出を見つめる武士の目が、糸のように細くなり、顎《あご》を前に突き出すようにして体を小刻みに顫わせはじめた。すぐに武士の顔に朱がさし、眉宇《びう》を寄せて嗚咽《おえつ》のように喉を鳴らした。

やがて女の体から力がぬけ、背中にまわした男の腕に身をもたれかけてきた。ガクッと女の首が前にかしげるのとほとんど同時に、武士が背筋を伸ばし喉のつまったような呻《うめ》き声をあげた。果てたのである。

武士は身にからまった襤褸《ぼろ》でもはねのけるように女の体を突き飛ばすと、立ち上がって袴を穿《は》き、ばさばさと裾《すそ》を払った。

半顔に血を浴びた武士の顔が、青白い月光に幽鬼のように浮かび上がった。

2

安田平兵衛《やすだへいべえ》は諸肌脱《もろはだぬ》ぎで水を張った研《と》ぎ桶《おけ》の前に腰を落とし、左足の先で踏《ふ》まえ木《ぎ》を押さえた。踏まえ木とは、砥石《といし》を押さえるための木片である。平兵衛は刀身を砥石に水平にあてると、すこし前かがみになって体重をかけて研ぎはじめた。

平兵衛は刀の研ぎ師である。刀身には錆《さび》があり、ところどころ刃も欠けていたので錆を取り、形を整え、刃をつけていく下地研《したじと》ぎからとりかかっていた。

平兵衛は五十七歳、還暦まであとわずかの老齢である。小柄な体の皮膚には肝斑《しみ》がうき、白髪まじりの鬢《びん》はくすんだような灰色をしている。ただ、若いときに鍛えたせいなのか、刀身を前後させるたびに胸や腕に鋼《はがね》のような筋肉が浮き上がった。

平兵衛が研ぎ師として、本所相生町《あいおいちょう》の庄助《しょうすけ》長屋に住むようになって十年ほど経《た》つ。それまでは牢人《ろうにん》だったが、おもてむきは剣術の町道場の代稽古などをして暮らしてきたことになっていた。

「父上、いってまいります。夕餉《ゆうげ》前には、もどりますから」

上がり框《がまち》の方で、若い娘の声がした。

今年十六になる平兵衛のひとり娘のまゆみである。幼いときから、武士の娘として育ててきたせいか、暮らしぶりは長屋の住人と変わりないが、言葉遣《づか》いはまだ武家のものである。

十年ほど前の夏、平兵衛の女房のおよしが流行病《はやりやまい》で死んでから、男手ひとつで育ててきたのだが、ちかごろは家事を一手にこなすようになり、それとともに女房のような口をきくようになった。

「まゆみ、日が沈むまでには帰れ」

平兵衛が刀身を研ぐ手をとめて声をかけた。

まゆみは仕立物《したてもの》で暮らしをたてているお鶴《つる》という寡婦《かふ》のところへ、同じ長屋に住むお松《まつ》という娘といっしょに裁縫《さいほう》を習いに通っていた。

まゆみは、はいと返事して、

「夕餉は父上の好物の鰯《いわし》を焼きますから、楽しみにして」

と、はずんだ声で言うと、せわしそうな下駄の音を残して外へ出ていった。

「何もなければいいのだが……」

平兵衛はそうつぶやくと、また刀身を砥石にあてて研ぎはじめた。

このところ、本所、浅草《あさくさ》などで夜鷹がつづけて斬り殺されたという話を長屋の女房たちから聞いていた。まゆみの裁縫の師匠であるお鶴の住む仕舞屋《しもたや》は緑《みどり》町にあり、行き帰りに竪川沿いの寂しい道も通るのである。

それで、平兵衛は心配していたのだ。

まゆみが出かけて、一刻《いっとき》（二時間）ほど経ったろうか、入口の腰高障子《こしだかしょうじ》の開くかすかな音がした。

平兵衛は刀を研ぐ手をとめた。人の気配がしたのだ。平兵衛の住む長屋は、入口の土間につづいて八畳の座敷がある。その八畳の北側の三畳ほどを板張りにし、屏風《びょうぶ》でかこって仕事場にしていた。

平兵衛はその仕事場から声をかけた。

「どなたかな」

返事がなかった。かわりに、座敷でかすかな物音がした。何か小さな物を投げ込んだらしい。

平兵衛は研ぎかけの刀身を脇に置き、屛風をずらせて座敷を覗いて見た。人影はなく、畳の上に白いちいさな物が転がっていた。

平兵衛は立ち上がり、座敷へ足を運んだ。拾い上げてみると、小石を入れて丸めた紙片だった。その紙片をひろげて、平兵衛の顔がこわばった。

——十八夜《や》
とだけ記してあった。

平兵衛には、その意味がすぐに解った。過去に何度も目にした呼び出しの文字である。

十八とは、四《じ》、五《ご》、九《く》。つまり、地獄屋を意味していた。

平兵衛の紙片を握りしめた拳《こぶし》が顫《ふる》えていた。どうしていいか、判断がつかなかった。平兵衛は、いまごろになって、どういうつもりなのだ、とか、もう、わしにはつとまらぬ、とかつぶやきながら、座敷のなかをうろうろと歩きまわった。

3

深川吉永町《よしながちょう》、要橋《かなめばし》のちかくに極楽屋《ごくらくや》という一膳めし屋があった。あるじの島蔵《しまぞう》の洒落《しゃれ》でつけた屋号である。極楽屋は四方を屋敷の板塀《いたべい》や寺の杜《もり》、掘割などでかこまれた二百坪ほどの土地のなかにあった。

裏手が乗光寺《じょうこうじ》という古刹《こさつ》、右手が山倉藩《やまくら》の抱え屋敷、そして正面と左手に掘割がとおっている。極楽屋に行くには、正面の掘割にかかったちいさな橋を渡るか、裏手の寺の杜を抜けてくるかしかない。

だれもが、どうしてこんなところに一膳めし屋があるのか、訝しがるほどの寂しい場所である。土地の者は、この店をひそかに地獄屋とか、地獄宿と呼んで恐れ、めったに出入りしなかったし、通りすがりの者が立ち寄るようなこともなかった。

極楽屋は棟割り長屋のような平屋造りで、奥へ長く延びた棟のとっつきに縄暖《なわの》簾《れん》が下がっていて、そこが店になっている。

暮れ六ツ（午後六時）を過ぎ、西の空にわずかな茜色《あかねいろ》の残照があるだけで、あたりは薄墨を掃《は》いたような夕闇につつまれていた。極楽屋のあるあたりは寺の杜や屋敷の樹木にかこまれているせいか、とくに闇が濃く、店先から洩《も》れた灯《ひ》がくっきりと浮き上がったように見えていた。

平兵衛は要橋の上に立って、極楽屋から洩れる灯を見ていた。ふだん刀を研ぐときに使用している紺の筒袖《つつそで》にかるさん姿、丸腰ですこし背筋のまがった姿は頼りなげな老爺《ろうや》に見えた。

平兵衛の立っている場所から、極楽屋までは一町（約百九メートル）ほどであったが、橋の上はすこし高くなっていたので、店先のほのかな明りのなかに黒く沈んだような家屋の輪郭がかすかに識別できた。

……むかしと、変わらぬ。

平兵衛はそうつぶやくと、ゆっくりとした足取りで極楽屋の方へ歩きだした。

店先まで行くと、何人か客がいるらしく、男の濁声《だみごえ》やくぐもったような笑い声などが聞こえてきた。酔客らしい。一膳めし屋といっても酒をだすので、それを目当てに集まった男たちなのだろうが、土地の者も寄りつかないような場所にしては賑やかである。

平兵衛は縄暖簾をくぐって、店のなかへ入った。土間に飯台《はんだい》が四つ、その先に障子をたてた座敷がある。男が五人、ふたつの飯台をかこんで酒を飲んでいた。座敷には明りがあったが、人影はなかった。

平兵衛は、客のいない飯台の空樽《あきだる》にそっと腰を落とした。土間の隅に立てられた燭台《しょくだい》の仄明《ほのあか》りに平兵衛の姿が浮かぶと、五人の男たちは急に口をつぐみ一斉に平兵衛を見た。獣《けもの》を思わせるような殺気だった目である。

二十歳前後と思われる若者がふたり、三十代がふたり、それに隻腕《せきわん》の四十過ぎと思われる男がひとりいた。いずれも町人だが、目付きが鋭く袖をたくし上げた二の腕から入墨《いれずみ》がのぞいている者もいた。地回りか無宿人《むしゅくにん》であろうか。まっとうな職人や店者《たなもの》ではないことは一目で知れる。

静まった店内に気付いたらしく、土間の奥の調理場から前掛け姿の男があわてて出て来た。この店のあるじの島蔵である。

「旦那、お久し振りで……」

島蔵は平兵衛のそばに来ると、顔をくずした。

赤ら顔で、でっぷり太った男だった。牛のようにぎょろりとした大きな目をしている。歳は平兵衛より少し若いだろうか、それでも、老齢と見え、頰《ほお》や顎の肉がたるみ、鬢もだいぶ白くなっていた。

「元締《もとじめ》、あいかわらずのようだな」

平兵衛は、見つめている飯台の男たちに目をやった。

身動《みじろ》きもせず、こっちを凝視している男たちに気付いた島蔵は、

「むかしの仲間だ。おめえたちは、むこうで飲んでてくれ」

と言って、座敷の方へ顎をしゃくった。

五人の男たちは、すぐに立ち上がり、手に手に銚子や肴《さかな》の入った丼《どんぶり》などを持って障子のたててある座敷へと移った。

「仕事の方は変わらぬようだが……」

男たちがいなくなったあと、平兵衛が覗きこむような目をして訊いた。

「いつの世も、おれたちのような仕事はなくならねえ……」

島蔵が飯台をはさんだ向かいの空樽に腰を落とした。

この店で、島蔵は一膳めし屋のほかに口入《くちい》れ屋《や》もいとなんでいることになっていた。下男下女、中間《ちゅうげん》など奉公人の斡旋《あっせん》をするのが口入れ屋だが、島蔵は危険な普請《ふしん》の人足、用心棒、武家相手の借金取りなど、命をまとにしたようなあぶない仕事だけを引き受けて、男たちを派遣していた。

当然、そうした仕事は、身元のはっきりした奉公人には敬遠され、ねぐらのは

っきりしない無宿人、入墨者、地回りなどが、あたることになる。そうした世間から見放された連中を、島蔵は店のつづきの長屋のような部屋に住まわせ面倒をみていたのだ。

そして、島蔵の斡旋で一仕事終えて金をつかんだ男たちが、一膳めし屋で酒を飲んだり、奥の座敷で小博奕《こばくち》をうったりする。ときには喧嘩になり、刃物を振りまわすようなこともある。自然と、店は悪人《ワル》の溜《た》まり場のようになり、すさんだ犯罪者の臭いがただよい、まっとうな者は怖がって近付かなくなる。

それで、ひそかに地獄宿などと呼ばれるようになったのである。

「このことだがな」

平兵衛はふところから、十八夜と記された紙片を取り出した。

4

「その前に、一杯飲んでくれ。おくらに支度させますよ」

そう言って、島蔵は空樽から腰を浮かせた。

おくらというのは、島蔵の女房である。調理場で肴の支度でもしているらしく、水を使う音が聞こえていた。

「いや、酒は断っている」

「ほんとですかい」

立ったまま島蔵は大きな目をさらに剝いて、まじまじと平兵衛の顔を見た。

「ここ十年あまり、飲んでないんだ。手が震えては、刀研ぎの仕事はできぬからな。見てくれ」

平兵衛は、島蔵の前に両手をひらいて見せた。

「……たしかに」

平兵衛の手は厚く節《ふし》くれだっていたが、震えはなかった。

「それに、この歳だ。もう体がいうことをきくまい」

「……まだ、そんな歳じゃァありませんぜ」

そう言って、島蔵が考えこむように視線を落としていたが、平兵衛に目をむけると、

「やっぱり、今度の仕事は旦那に頼むよりほかにねえ……」

と言って、また空樽に腰を落とした。

極楽屋が地獄屋と呼ばれる理由はもうひとつあった。無宿人や入墨者などを斡

旋するあぶない仕事のほかに、さらに命がけの仕事、「殺し」をひそかに請《う》け負《お》っていたのである。

浅草、本所、深川界隈《かいわい》の闇の世界で、この世に生かしておけねえ奴なら、殺しを地獄の閻魔《えんま》に頼め、とささやかれていた。

地獄は地獄屋で、閻魔は島蔵である。そういえば、赤ら顔の牛のように大きな目玉をした島蔵の顔は閻魔に似ている。

「相手は、夜鷹殺しなんで」

声を落として、島蔵が言った。

平兵衛は、ちょっと興味を引かれたような顔をしたが、

「受けぬ仕事なら、話を聞かぬ方がよい。……今夜は、むかしのわしではないことを知らせに来たのだ」

そう言って、平兵衛は立ち上がる素振りを見せた。

「まァ、待ってくれ。相手は畜生《ちくしよう》よりひでえ悪人《ワル》だ。殺したって気のとがめるようなことはまったくありませんぜ」

「わしにその気はないし、もう体がいうことをきかぬ」

「そんなことはねえ。旦那は人斬り平兵衛と恐れられた男だ。まだまだ、でき

る」

「歳には勝てぬ。それに、いまは娘と平穏に暮らしているのでな」

平兵衛は立ち上がった。

「それに、永倉《ながくら》さんが殺《や》られちまいましてね」

島蔵は大きな目で、立ち上がった平兵衛を見上げた。

「ほう、永倉が……」

平兵衛は永倉のことをよく知っていた。

永倉新之助《しんのすけ》、天然理心流《てんねんりしんりゅう》の遣い手だった。

十年ほど前、平兵衛はまゆみが物心ついてきたのと、歳で体が動かなくなってきたのを理由に殺しの世界から足を洗い、以前から己の手で刀を研いでいたこともあって、研ぎ師として庄助長屋に住みついたのだ。永倉は、平兵衛が島蔵のもとを離れるすこし前から地獄宿に顔を見せるようになった牢人である。

「そうか。それで、わしに話がきたのか」

十年も離れていた平兵衛のところへ話がきたのは、永倉が殺されたためらしい。

「相手が、凄腕《すごうで》なんで」

「そうだろうな」

永倉を屠《ほふ》ったとなると、かなりの遣い手とみなければならない。

「町方も、殺されたのが夜鷹なもんで、本腰をいれねえ。放っておけば、まだまだ殺られますぜ」

「……………」

「依頼人は、本所吉田町《よしだちょう》で夜鷹の寄せ場をやってる親分さんなんで」

寄せ場とは夜鷹を集めて営業用の筵や衣装を賃貸するところで、そこの元締を親分と呼んでいる。

「ちかごろは、怖がって三人、四人と人通りの多いところへ立つ始末だそうでしてね」

夜鷹が集団で人通りの多いところへ立ったのでは商売にならないだろう。

「だが、わしにはできぬ。だれか、ほかの者を頼んでくれ」

平兵衛は島蔵に背をむけた。

「そうですかい。……しかたねえ。孫八《まごはち》に頼みますかい」

つぶやくような声で島蔵が言った。

孫八は武士ではなかったが、匕首《あいくち》を巧みに遣う。平兵衛が地獄宿に出入りしている当時から殺しに手を染めている男だった。

5

「父上、大変です」

蒼《あお》ざめた顔で、まゆみが飛び込んできた。朝餉の用意をしていたらしく、両袖を襷《たすき》でしぼり、手の先がすすで黒ずんでいた。

「斜向《はすむ》かいのお繁《しげ》さんが、昨夜、殺されたって……。大工の熊造《くまぞう》さんが通りしなに」

まゆみは震える手で、襷をはずした。

お繁というのは、まゆみといっしょに裁縫を習いにいっているお松の母親である。

「まゆみ、行ってみよう」

ふたりはすぐに、斜向かいのお繁の家に走った。

戸口の前に、長屋の住人が五、六人集まっていた。まゆみに報《し》らせたという大工の熊造、ぼて振りをしている重吉《じゆうきち》、左官の助八《すけはち》などの見知った顔があった。

戸口の中から、お松らしい若い女の泣き声と男の甲高《かんだか》いわめき声がした。男の声は、お松の父親の平吉《へいきち》である。平吉は腕のいい大工だったが、半年ほど前、屋根から落ちて腰を打ち、這《は》うのがやっとの状態で家に引きこもったままだった。

「どうした」

平兵衛が熊造に訊いた。

「へい、昨日の晩、撞木橋ちかくでお繁さんが殺されたって、今朝早く、番屋の者が報らせに来ましたんで」

「…………」

平兵衛の脳裏を、夜鷹斬りのことがよぎった。さらに事情を訊くと、ちかごろお繁さんは暮らしのたしにと、亭主に内緒で竪川縁《べり》に立っていたようなんで、と熊造が声を落としていった。

やはり、そうか、と平兵衛は思ったが、そばにまゆみが立っていたので、そのことには触れず、

「お繁さんの遺体がないようだが」

と訊いた。

熊造の話だと、番屋の者は、町方の検死はすぐ済むから死体を引き取りに来い、と報らせてきたという。

「ですが、旦那、平吉があのざまだ。しょうがねえから、おれたちでお繁さんを連れて来ようって話してたとこなんで」

熊造が重吉や助八と顔を見合い、重い表情のまま、ここは旦那にまかせて、そろそろ行こうかい、と声をかけた。

熊造が都合したらしい戸板を持って、四人の男たちが長屋を出るのを見送ったあと、平兵衛は平吉の家にもどった。

平吉は月代《さかやき》や髭《ひげ》が伸び、継ぎ当てのある素袷《すあわせ》ひとつのだらしのない格好で上半身を柱にもたせかけ、口端《くちは》に泡をうかせてわめき散らし、女房の突然の死と仕事に出られない己を呪《のろ》っていた。お松は、枕屏風の陰に身をつっ伏して泣きじゃくっている。まゆみは、必死でお松をなぐさめたが、身をよじるようにして泣くばかりだった。

二刻（四時間）ほどして、熊造たちがお繁の亡骸《なきがら》を運んできた。

凄惨《せいさん》な死体だった。首筋が深く斬られ噴出した血が顔と上半身をどす黒く染めていた。はだけた胸も肋骨《あばらぼね》がのぞくほど横に大きく裂かれている。

「……おっかさん！」

入口の土間まで運ばれてきたお繁の姿を見て、お松は息を呑んだ。

這うようにして出てきた平吉は目をひき攣《つ》らせ、そばの障子をつかんだまま瘧《おこり》慄《ぶるい》のように身を震わせた。

お繁の衣装は、長屋で身につけている物ではなかった。縞木綿の着物に白の桟《さん》留《とめ》の帯、夜鷹の衣装だった。お松や平吉にも、なぜお繁が、夜分、撞木橋ちかくで斬り殺されたのか、分かったようだ。

お松は、一瞬、顔をゆがめて戸惑うように左右に目をやったが、すぐに母親の胸にすがって泣きだした。胸を裂くような悲痛な慟哭《どうこく》がつづいた。平吉は破れた障子の桟《さん》を握ったまま、惚《ほう》けたような顔でうち顫《ふる》えている。

お繁の乱れた髷《まげ》に、赤い玉簪《たまかんざし》が挿《さ》してあった。黄楊《つげ》の玉に漆をぬった安物の簪だったが、若い娘の挿すような赤い玉が、平兵衛の目をひいた。

お松と平吉が死んだのは、それからほぼ一月《ひとつき》後の夏の暑い夜だった。お繁が殺されたのち、部屋に閉じこもったままのふたりに、長屋の者が気を使って声をかけたり食べ物を運んだりしていたが、その夜、お松は母親の挿していた玉簪で喉を刺し、平吉は鑿《のみ》で喉を突いて死んだ。

真っ先に気付いた平兵衛は、お松の握りしめていた簪をそっと取り、ふところにしまってから、長屋の者にふたりの死を知らせた。

6

……震えている！

行灯《あんどん》の明りにかざした両手の指が、小刻みに震えていた。平兵衛は、肩の力をぬくように大きく息を吐き、もう一度明りに手をかざして見た。やはり、震えている。以前、殺しの仕事をしていたときと同じ震えである。

……昔のように、斬れようか。

平兵衛は己の心に問うてみた。

無理だと思った。ちかごろは、坂を上ったり、少し走ったりするだけで息があがる。それに、歳をとって気が弱くなったせいか、真剣に立ち向かうのが怖い。

だが、心の奥では、夜鷹殺しを斬ろうとしていた。体は正直だった。斬ろうとする気があるから手が震えるのである。

……あいつだけは、生かしておけぬ。

その怒りが、老いた平兵衛を殺しに駆り立てているのだ。

翌朝、平兵衛は孫八のところへ行ってみた。

孫八は極楽屋と同じ深川吉永町の長兵衛店《ちょうべえだな》という棟割《むねわ》り長屋に住んでいた。おもてむきは屋根葺《やねふ》き職人ということになっていたが、島蔵から請け負った殺しで暮らしをたてていた。

「旦那、お久し振りで……」

孫八は左肩口に分厚い晒《さらし》を巻いていた。

歳は四十二、三。背丈は五尺そこそこだが、緊《しま》った体つきをしており、剽悍《ひょうかん》な面構《つらがま》えの、いかにも敏捷《びんしょう》そうな男である。

戸口へ出てきた孫八は、婆《ばあ》さんに聞かせたくねえんで、といって、長屋の裏手にある人気《ひとけ》のない掘割の端に平兵衛を連れていった。孫八は還暦をとうに過ぎた老母とふたりで住んでいたのだ。

「面目《めんぼく》ねえが、このざまで」

孫八は左肩を平兵衛の方にむけて、苦々《にがにが》しい顔をした。

「深手《ふかで》のようだが」

「いえ、骨にまではとどいちゃァいねえし、もう、傷口もくっつきましたんで」

「相手は、夜鷹斬りか」

「へい、凄腕の侍で」

孫八の話だと、夜鷹殺しの始末を島蔵に頼まれ、夜鷹のあらわれそうな撞木橋付近、大川端《おおかわばた》、神田《かんだ》川沿いの柳原通《やなぎわらどお》りなどに張り込み、一月ほど前、撞木橋付近で情交《まぐわい》のさなかに夜鷹を殺害した侍を目撃したという。

「殺された夜鷹は、お繁という女だよ」

平兵衛が言った。

「旦那の知り合いで」

孫八は驚いたような顔をした。

「近所に住んでただけのことだが……」

残された亭主と娘が、三日前に自害したことは黙っていた。

「そうですかい。……それで、あっしは仕掛けたんでさァ、まさか、あれほどの腕とは思ってもみなかったんで」

孫八は、竪川縁の樹陰に身をひそめ、匕首を抜いて、侍の直前に飛び出したという。

「間《ま》は二間《けん》（約三・六メートル）、まだ、やろうは気付いちゃァいなかった。この間なら抜けねえ、と踏んだんでさァ」

ところが、六尺《しゃく》（約一・八メートル）ほどの間に迫ったとき、侍がわずかに腰を沈めた、次の瞬間、鞘走《さやばし》る音とともに袈裟《けさ》がけに斬りつけてきたという。

「アッ、と思う間もありやせんでした。一太刀《ひとたち》あび、つづいてやろうが斬りこんでくるのを見て、咄嗟《とっさ》に川へ飛び込んだんでさァ」

運よく、ちかくに猪牙舟《ちょきぶね》が舫《もや》ってあったので命びろいした、と孫八はいった。

「居合《いあい》か」

それも相当の手練《てだれ》だと、平兵衛は察知した。孫八の仕掛けは迅《はや》い。直前に飛び出した孫八を、抜きつけの一刀で斬りつけた迅業《はやわざ》は、尋常のものではないようだ。

「旦那、あっしを手伝わせてくだせえ。このままじゃァ、元締にも顔向けできねえ」

孫八がくやしそうな顔をした。

「わしにも、斬れぬかもしれぬ。なにしろ、この歳だ」

「いえ、旦那なら、きっと殺《や》れやす」

「ともかく、元締に話をとおさねばな」

平兵衛は、また、頼みにくるといって、孫八に背をむけた。

島蔵は飯台の空樽に腰を落とした平兵衛の姿を見ると、赤ら顔をくずした。

「やっぱり来てくれましたんで」

島蔵は向かいの空樽に腰を落とし、すぐ、酒の用意をさせる、といった。

「いや、いい。酒はまだやらぬ」

「ですが、その気にはなったんでしょう」

島蔵は、ぎょろりと目を剝いて平兵衛を見た。

「見てくれ、この手を」

平兵衛は、島蔵の顔の前に両手をひらいて見せた。両手の指が小刻みに震えている。

「やっと、むかしの人斬り平兵衛にもどられたようで」

島蔵の顔に満足そうな表情がういた。

「こんかいは孫八とふたりでやる。……だが、殺られるのはこっちかもしれぬ。それでもよいか」

「そりゃァもう、あぶない橋を渡るのが、この商売で……」

「それに、少々、手間がかかる。その間に、また、夜鷹が殺されるかもしれぬ」

平兵衛は、この体ではだめだと思っていた。なまった体を鍛えなおさねば、太刀打ちできない。それに、夜鷹殺しの素性《すじよう》を調べ、太刀筋や癖をつかんでからないと仕掛けられぬとも思っていた。

「承知しやした。……これは、刀の研ぎ代で」

島蔵は切《き》り餅《もち》ひとつを飯台の上に置いた。二十五両である。むかしから、平兵衛が殺しにとりかかるとき、愛刀を研ぐことを知っていて、研ぎ代といって渡す。依頼人からはそれ以上の金が渡され、残りは島蔵のふところに入っているはずだが、詮索はしなかった。元締と殺し屋の信頼があってこそ、成り立つ商売なのである。

「孫八はどうする」

平兵衛が訊いた。

「律義な男で、仕掛けに失敗したあと金を返しにきましてね。あらためて旦那の方から渡しちゃァもらえませんかね」

「分かった」

平兵衛は半金の十二両二分を孫八に渡そうと思った。

7

本所番場町《ばんばちょう》に妙光寺《みょうこうじ》という無住の小寺があった。境内《けいだい》はせまかったが、鬱蒼《うっそう》と葉を茂らせた杉や樫《かし》などの杜があって、人目を避けて木刀を振るには格好の場所だった。平兵衛は連日この寺に通った。

まゆみには、いらぬ心配をさせぬよう、研ぎ師のところへ修行のためしばらく通うと話してあった。

まず、木刀の素振りからはじめた。平兵衛は壮年のころの強靭《きょうじん》な肉体や鋭敏な動きを取り戻そうとは思わなかった。老いて衰えた体は、いかに鍛えようと元にもどらぬことは分かっていた。平兵衛が取り戻そうとしたのは、勝負時の勘と一瞬の反応である。

平兵衛は若いころ、金剛流《こんごうりゅう》という剣術を学んでいた。金剛流は富田《とだ》流小太刀《こだち》の流れをくむ一派で、小太刀から剣、槍、薙刀《なぎなた》まで教えていた。

平兵衛はそこで小太刀の寄り身や間積《まづ》もり、それぞれの武器に応じた動きなどを身につけたが、二十歳を過ぎたころ門を去らねばならなくなった。五十石取りの御家人だった父が、ささいなことで上役《うわやく》を斬り、家が潰されたからである。

その後、地獄屋に出入りするようになり、殺しに手を染めてからは、実戦をとおして人斬りの刀法を会得《えとく》していった。

平兵衛には「虎《とら》の爪《つめ》」と称する必殺剣があった。小太刀の寄り身をいかし、実戦のなかで工夫した一撃必殺の剣である。

刀身を左肩に担ぐような逆八相《ぎゃくはっそう》に構え、そのまま敵の正面へ鋭く身を寄せる。一気に間合をつめられた敵は、退《ひ》くか、面に斬りこんでくるしかない。退けば、なお踏み込み、面にくれば身を寄せざま、刀身を撥《は》ね上げ、袈裟に斬り落とすのである。

敵の右肩に入った刀身は、鎖骨《さこつ》と肋骨を截断《せつだん》し、左脇腹へぬける。ひらいた傷口から截断された骨が、猛獣の爪のように見えることから、この剣を虎の爪と称していた。

素振りがすむと、平兵衛は逆八相に構えて、くりかえしくりかえし仮想の敵にむかって踏み込んだ。虎の爪は、一瞬の鋭い寄り身と、頭上へくる敵の斬撃《ざんげき》をおそれぬ豪胆さが命だった。

ハアハア、と荒い息をついた。体はわなわなと震え、心ノ臓が激しく喘いでいる。

……老体に鞭打《むちう》ったとて、動かぬわ。

平兵衛は何度も木刀を投げ出して、長屋に帰ろうと思ったが、そのつど思いとどまった。

ふところの赤い玉簪を取り出し、夜鷹殺しを斬らねば、お繁やお松は浮かばれぬぞ、これから先、何人も弱い女が殺されるぞ、そう己に言い聞かせた。

それに、ここで逃げたら、己がただ、老醜《ろうしゅう》を晒して朽《く》ちていくだけの身になってしまうことも分かっていた。それが、平兵衛には怖かった。

……まだ、わしの剣で、この世を渡っていきたい。

脳裏でそう訴え、平兵衛は己の体に鞭打った。

半月ほど、過ぎた。体の節々《ふしぶし》が痛み、木刀を握った掌《てのひら》の皮がむけたが、余分な肉が落ちたこともあり鉛のように重かった体は、いくぶん軽く動くようになった。

それに、継続的に動かねば、息もあがらなくなってきた。

だが、手の震えは日毎《ひごと》に激しくなってきた。疲労の蓄積と気の昂《たか》ぶりのためである。

それから、十日ほどして妙光寺の境内に、ひょっこり孫八が姿をあらわした。

「旦那、やっと、夜鷹殺しの素性が分かりましたぜ」

孫八は一度相手に出会っているので、顔は知っていた。その後、平兵衛の依頼で行方を追っていたのだ。

孫八の話だと、以前と同様夜鷹殺しのあらわれそうな川筋に張り込みをつづけたという。

「やっと、一昨日《おととい》の晩、やろうの姿を柳原通りでみつけましてね。後を尾《つ》けたんでさァ。……もどったところが、下谷《したや》の旗本屋敷」

「ほう、だれだ」

「三百石の堀江織之助《ほりえおりのすけ》。夜鷹殺しは、次男の清十郎《せいじゅうろう》なんで。……中間に金をつかませて聞いたんだが、こいつが変わった野郎でしてね。三十二にもなって、冷飯《ひやめし》食《く》いの独り者。いままで屋敷の女中のふたりに刃物で傷を負わせてるそうでして……。どうやら女の血を見ねえと、その気になれねえ質《たち》らしい」

「そやつだな」

清十郎という男は、変質的な性欲の持ち主なのであろうが、己の狂った欲情のために殺されたのでは夜鷹たちもたまったものではない。

「剣は」

平兵衛が訊いた。

「子供のころから、神田佐久間町《さくまちよう》の綾部《あやべ》道場に通っていたそうで」

「やはり、居合だ」

道場主は綾部平内《へいない》。田宮流《たみやりゆう》居合の達人として名の知れた男だった。

「道場の門弟にあたって、もうすこし腕のほどを探ってみますよ」

「いや、いい」

孫八を斬った迅業で、腕のほどは察しがつく。

「それで、殺《や》れますかい」

孫八が目をひからせて訊いた。

「このまま仕掛けても、殺られるのは、わしの方だろうな」

平兵衛は、清十郎が抜き付けてからの太刀筋が見たいと思った。

「孫八、頼みがある」

平兵衛があらためて言った。

「へい、何なりと」

「もう一度、清十郎に仕掛けてはもらえぬか」

「あっしが」

孫八は顔をこわばらせた。

8

神田花房町《はなぶさちょう》の筋違御門《すじかいごもん》のちかくの、松の老樹の陰に平兵衛と孫八はひそんでいた。

孫八の傷は癒え、縦縞《たてじま》の着物の両袖を高くたくし上げている。

その孫八が聞き込んだことによると、清十郎は今でも三日に一度ほど、綾部道場に顔をだすという。すでに、門弟ではなかったが、ときおり若い門弟相手に汗をかきにいくらしい。

「帰りは、五ツ（午後八時）ちかくなることもありやす」

孫八が言った。

いま、六ツ（午後六時）を過ぎているだろうか。辺りを暮色がつつみ、通りの人影もめっきりすくなくなっていた。

「よいな、決して、間合《まあい》に入るなよ」

平兵衛は念をおした。

孫八は先をとがらせた三間ほどの竹竿《たけざお》を手にしていた。ちょうど長柄槍《ながえやり》ほどの長さである。平兵衛は孫八に、左足を前に出し斜身《はすみ》に構えて、その竹槍で清十郎の右肩を狙って突いてくれ、と頼んであった。

虎の爪は敵の右肩へ袈裟に斬り落とす太刀である。その斬撃に対し、清十郎がどう反応するか見たかったのだ。

「居合は間合に入らねば、斬りこめぬ。おまえが突いた竹槍を、清十郎は抜き打ちに斬るか、払うはずだ。わしは、その太刀筋が見たい。……一度突いたら逃げろ。すぐに間をつめて、二の太刀がくるぞ」

「へい」

孫八は目をひからせてうなずいた。

それから小半刻《こはんとき》（三十分）ほどして、佐久間町の方から神田川沿いの道を急ぎ足でやってくる人影が見えた。月明りに浮かび上がった姿は、小袖に袴姿の武士だった。中背でほっそりした感じがする。

「やつだ！」

孫八は、竹槍をしごくように二、三度突き出し、近付いてくる武士の五、六間手前で、飛びだした。平兵衛は松の幹の陰に身を隠したまま、清十郎の動きを見つめている。

「おい、さんぴん、この前の借りを返させてもらうぜ」

孫八は言われたとおり斜身に構え、竹槍の先を清十郎の右肩につけた。間合は三間半ほど、踏み込んで突き出せば、尖端《せんたん》がとどく間である。

「町人、お上《かみ》の手先ではないようだが、何ゆえ、おれの命を狙う」

清十郎はすばやく左右に目をくばり、孫八ひとりと知ると、細い唇の端にうすい嗤いを浮かべた。

「知れたことよ。てめえみてえな、畜生は生かしておけねえのよ。地獄からの使いだ」

「……どうやら、おれのことを知っているようだな。ならば、死んでもらう」

清十郎はぐいと腰を沈めると、右手を刀の柄《つか》に添えた。

居合の抜刀体勢である。

「いくぜ！」

突如、孫八が、ヤッ！　という短い気合を発し、踏み込みざま竹槍を突きだした。

間髪《かんはつ》をいれず、清十郎の体がわずかに伸び、頭上へ半弧を描くように刀身が一閃《いっせん》した。

戞《かつ》！

と甲高い音がひびき、一尺ほど竹槍の先が虚空《こくう》へ撥ね飛んだ。清十郎が抜き打ちに斬ったのだ。

パッ、と背後に飛んだ孫八は、手にした竹槍を放り投げると、一目散に逃げ出した。

その逃げ足の速さにあっけにとられ、清十郎はその場につっ立って逃げる孫八の背を見送っていたが、苦笑いを浮かべると納刀し、何事もなかったように歩きだした。

いっときして、ひそんでいる平兵衛のそばに孫八がもどってきた。

「旦那、どうでした」

「迅《はや》い！」

だが、見えた、と平兵衛はつぶやいた。

平兵衛の目に、抜き上げ、そのまま袈裟に斬り落とした清十郎の太刀筋が見えたのだ。

翌朝、平兵衛は押し入れの隅にしまっておいた愛刀の来国光《らいくにみつ》、一尺九寸を取り出し、ていねいに研ぎ上げた。身幅《みはば》の広い剛刀だが、定寸の刀より三、四寸短い。これは、小太刀の動きをとりいれるため、平兵衛自身で刀身を截断してつめたものなのだ。

その日から平兵衛は国光を腰に差して、番場町の妙光寺に足を運んだ。今度は木刀は振らなかった。

国光を抜くと、逆八相から切っ先を敵の右肩につけるように構え、すばやく間合をつめる。そして、敵が袈裟に斬り落としてくるのを撥ね上げざま、たたきつけるように肩口へ斬りこむ。刀法は虎の爪だが、構えを相手の斬撃に応じて変えたのだ。

……清十郎は、かならず同じ太刀筋でくる。

それが平兵衛の読みだった。

平兵衛は、何度も何度も同じ動きをくりかえした。

9

平兵衛が妙光寺で真剣を遣いだしてから半月ほどが過ぎた。この夜、平兵衛と孫八は、神田川にかかる和泉橋《いずみばし》ちかくの柳の木の陰で、清十郎の来るのを待っていた。

　十六夜の月が、皓々《こうこう》と輝いていた。神田川沿いの道が白く浮き上がったように見えている。すこし風があるのか、川端の柳がさわさわと揺れていた。すでに四ツ（午後十時）を過ぎ、通りに人影はなかった。

「やつは、この道を通るのか」

　平兵衛が訊いた。

　堀江家の裏門を見張っていた孫八が、清十郎が屋敷を出たと表門ちかくにいた平兵衛に報らせてきたのが、小半刻（三十分）ほど前のことである。

　ふたりは、ここ三日ほど、清十郎に仕掛けるつもりで屋敷を見張っていた。この夜、裏門から出る清十郎を目にした孫八が、神田方面に向かったのを確かめたうえで平兵衛のところへ報らせに来たので、ここで待ち伏せようと先回りしたのだ。

「へい、やつは池之端《いけのはた》界隈をまわってくるはずです。もうすこし、待ってくだせえ」

　池之端とは、上野の不忍池《しのばずのいけ》の周辺である。この辺りも夜鷹などの私娼《ししょう》の多いところで、女を漁《あさ》りにでかける清十郎の道筋になっているという。

「それにしても、旦那、でえじょうぶですかい……」

孫八が不安そうな目で平兵衛を見た。

ここに立ったときから、平兵衛の顔は蒼ざめ、全身が小刻みに震えていたのだ。とくに両手がひどかった。両袖が揺れるほど震えている。

「ああ……。仕掛ける前は昔からこうだった」

「それで、刀が握れますかい」

「わしには、これがある」

平兵衛は手に提《さ》げていた貧乏徳利《どくり》の栓を抜くと、これを飲むのは十年ぶりだ、とつぶやきながら、ごくごくと喉を鳴らして五合ほどの酒を一気に飲んだ。

ほんのいっときすると、蒼ざめていた平兵衛の顔に朱がさし、体の震えがとまってきた。萎《しお》れた草が水を吸ったように全身に気勢が満ち、ちいさく丸まっていた背中が伸びたように見えた。

平兵衛は、己の顔の前に両手を開いて見た。震えはとまっている。

……斬れる！

と、平兵衛はつぶやいた。己の心の裡《うち》にあった真剣勝負の怯《おび》えが消えている。

虎の爪の命である敵の斬撃を恐れぬ豪胆さが、平兵衛の肚《はら》に満ちてきたのだ。

「旦那、きましたぜ！」

孫八が低い声で伝えた。

花房町の方へ目をやると、見覚えのある清十郎の姿が、蒼白い月光のなかに浮かび上がったように見えた。

平兵衛は足元に徳利を捨てた。そして、ゆっくりとした足取りで柳の陰から出ると、清十郎の前に立ちふさがった。

「うぬは」

清十郎が誰何《すいか》した。清十郎の目に、筒袖にかるさん姿の平兵衛は老爺のように映ったのだろう。警戒する様子はなく、怪訝《けげん》な表情が浮いていた。

「地獄宿の者……」

平兵衛は小声でいいざま、つかつかと歩み寄った。

「地獄だと」

「鬼よ」

「老いた鬼だな」

清十郎の口元に嘲笑《ちょうしょう》が浮いた。

平兵衛は歩をとめると、国光を抜いた。

「ほう、爺《じい》さん、おれを斬るつもりかい」

清十郎は驚いたような顔をしたが、すぐに居合腰に沈めると、刀の柄に右手を添え抜刀体勢をとった。

「恨みか、それともだれかの依頼か」

清十郎は、なおも訊いた。

無言のまま、平兵衛は、逆八相から刀身を前にむけ、切っ先を清十郎の右肩につけた。

「ならば、腕ずくで口を割らせよう」

清十郎の身構えに、一撃必殺の気魄《きはく》がこもった。

刺すような殺気が清十郎の身から放射され、対峙《たいじ》したままふたりの動きがとまったが、突如、平兵衛が身を低くし、前に疾《はし》った。

迅い。間合をつめるというより、疾走といってよかった。短い影が地を駆け、刀身の白光が矢のように夜陰を裂いた。

おおっ！

と、発して、清十郎が抜き上げた。

頭上へ。半弧を描いて、清十郎の太刀が平兵衛を襲う。

駆け寄りざま、平兵衛がその刀身を撥ね上げる。

キーン、と甲高い音がひびき、青火が散って、清十郎の刀身が乱れた白光をひいて撥ね上がった。そのまま、胸元に飛び込んだ平兵衛は、右肩口から袈裟に斬って落とした。

一瞬一合《いっしゅんいちごう》の勝負だった。

肩口から大きく胸を裂かれた清十郎は、一瞬、驚愕に目を剝いてその場につっ立っていたが、ひらいた傷口を左手で押さえるようにして、がっくりと片膝をついた。上半身が血に染まり、右腕はだらりと下がったまま動かない。

首筋から脇腹にかけてひらいた傷口から截断された鎖骨と肋骨がのぞき、巨獣の爪のように見えた。

「な、なにゆえ、おれを！」

清十郎が血に染まった顔を平兵衛にむけた。

「殺された女たちの恨みだ」

平兵衛は清十郎の前にかがみこみ、ふところからお松の握っていた赤い玉簪を取り出すと、とがった先をその喉に深々と突き刺した。

陰《いん》鬼《き》

1

障子《しょうじ》の向こうに永代橋《えいたいばし》が見える。豪華な屋形船や箱船などの涼《すず》み船が大川《おおかわ》に灯《ひ》を映し、川面《かわも》を華やかに染めていた。川面を渡ってくる風が心地好い。涼み船からの三味線《しゃみせん》や鼓《つづみ》の音、女の声、男の哄笑《こうしょう》などが、汀に寄せる波音のなかにかすかに聞こえてくる。

「旦那ァ、もう少し飲んでおくれよ」

おせつが、銚子を取って鼻声で言った。

安田平兵衛は、川面からおせつに目を移しながら杯《さかずき》を取った。

おせつの豊満な乳房の谷間に汗が浮き、行灯《あんどん》の灯に薄くひかっていた。色白でねっとりと吸い付くような肌である。おせつは子供をふたりも生んだ三十過ぎの大年増《おおどしま》だが、成熟した女の強い色香を放っていた。おせつは、深川佐賀町《さがちょう》にある船宿、清万《きよまん》の女中である。平兵衛とは十数年越しの馴染みだった。

おせつといっしょにいると、死んだ妻のおよしがそばにいるような気がしてくる。顔も体もまったくちがうが、おっとりした性格がそっくりなのだ。

「ちかごろ、ちっとも来てくれないから、あたしのことなんか、忘れちまったと思ってましたよ」

おせつは怒ったような声で言ったが、目は嬉しそうに笑っていた。

「この年ではな、体がいうことをきかぬ」

平兵衛は照れたように言って、杯の酒を飲み干した。

「あれ、そんなことなかったよ。まだまだ、元気だでえ」

そう言って、おせつは肉置《ししお》きの豊かな体を揺すって、満足そうな顔をした。

おせつは武州草加《ぶしゅうそうか》の在《ざい》の百姓の娘だったとかで、平兵衛とふたりだけになると、お喋《しゃべ》りの端々《はしばし》に田舎言葉を混じらせた。

平兵衛とおせつは、一刻《いっとき》（二時間）ほど前、清万の二階の隅の部屋へ入り、しばらく酒を飲んだ後、屏風《びょうぶ》の陰に敷いてある夜具の上で、肌を合わせたばかりだったのである。

平兵衛は五十七歳、あとわずかで還暦の老齢だった。十数年前、清万に来はじめのころは、十日に一度はおせつを抱いていたが、ここ数年は店に顔を出すのが三月《みつき》に一度で、それも酒を断っていたため料理だけ食して帰ることも多かったのだ。

「やっぱり、旦那は、前のように飲んでくれたほうがいいよ」

おせつは、そう言うと、平兵衛の方に身を寄せ胸を肩先にあずけてきた。むっちりとした肉の感触が肩先に伝わり、汗ばんだ肌から白粉《おしろい》の匂いがした。

平兵衛は十年ほど前から、刀の研《と》ぎ師《し》を生業《なりわい》とするようになった。それ以前は、人斬り平兵衛と恐れられた闇の殺し屋で、酒を浴びるように飲んでいたのだが、指先が震えて刀が研げなかったため酒を断ったのである。

不思議なことに酒を断つと、おせつを抱く気もなくなった。指の震えはとまったが、しぼんだように情欲も失《う》せてしまった。

ところが、半年ほど前、平兵衛の住む長屋の住人が殺されたことで、また殺しに手を染め酒も飲むようになると、色欲ももどったのである。

「まだ、わしにも、男の精が残っているということか……」

平兵衛は苦笑いを浮かべながらつぶやいた。

泊まっていけ、と言い張るおせつをなだめて、平兵衛が清万を出たのは、四ツ(午後十時)過ぎだった。

出がけに、今夜はお得意さまの招待で飲んで帰るから、先に夕餉《ゆうげ》を摂って寝ているよう、ひとり娘のまゆみに、言い置いてきたのだが、起きて待っているだろうと思ったのだ。

長屋につづく露地木戸《ろじきど》の前まで来たとき、ふいに、平兵衛の足がとまった。

……だれかいる。

木戸の陰に人影があった。

平兵衛は、筒袖《つつそで》にかるさん、腰に脇差だけを帯びていた。その脇差の柄《つか》に手を添えてわずかに腰を落とした。

「極楽屋の者で……」

若い遊び人ふうの男が、木戸の陰から出て来て小声で言った。年の頃は二十二、三、顎《あご》のとがった目の細い男だった。頰《ほお》に刀疵《かたなきず》がある。

「名は」

「嘉吉《かきち》でさァ」

嘉吉は、元締《もとじめ》から、と言って、結文《むすびぶみ》を手渡した。

平兵衛が受け取ると、

「旦那、お待ちしておりやす」

と言い置き、すぐにきびすを返して走り出した。

その姿が闇のなかへ消えてから、平兵衛は紙片を開いた。

――十八夜《や》
と、だけ記してあった。

十八とは、四《じ》、五《ご》、九《く》。つまり、地獄屋の意味で、殺しの請負《うけおい》をしている地獄屋のあるじの島蔵からの呼び出し状であった。むろん、用件は殺しの依頼である。

平兵衛は紙片を握りつぶして懐《ふところ》にしまうと、灯明《あかり》を映している腰高《こしだか》障子を開けた。思ったとおり、まゆみは起きていて、行灯のそばで着物の繕《つくろ》いをしていた。

平兵衛はドキッとした。繕いものをしている姿が、妻のおよしに生き写しだったのである。

「父上、お帰りなさい」

まゆみは着物を畳の上に広げたまま立ち上がって、上がり框《がまち》の方へ歩み寄った。

いまは長屋暮らしの刀の研ぎ師だが、それまで平兵衛は表向き町道場の代稽古で暮らしをたてていた牢人《ろうにん》だった。まゆみは幼いころから武家の娘として育てられたので、言葉遣《づか》いは武家ふうである。

「だれか、家に来なかったか」

平兵衛は、嘉吉が長屋に顔を出したのではないかと思ったのだ。

まゆみは、平兵衛が殺しに手を染めているなどと、思ってもいない。出自《しゅつじ》は武士だと知っていたが、いまは老いた刀の研ぎ師と信じている。平兵衛は、己《おのれ》の正体をまゆみや長屋の者に知られたくなかったのである。

「いえ、だれも……」

まゆみは怪訝《けげん》な顔をした。

「そうか……。夜、ひとりのときは心張棒《しんばりぼう》をかっておけ」

そう言うと、平兵衛は台所の柄杓《ひしゃく》を取って水を一杯飲み、首まわりの汗を手ぬぐいで丹念にぬぐった。

酒の匂いはともかく、まゆみにおせつの白粉の匂いを嗅がれたくなかったのである。

2

極楽屋とは、あるじの島蔵が洒落《しやれ》でつけた屋号である。深川吉永町、要橋のちかくにある一膳めし屋だが、土地の者はこの店をひそかに地獄宿《やど》と呼んでいた。

主人の島蔵は一膳めし屋のほかに、口入《くちい》れ屋《や》もやっていた。口入れ屋というのは奉公人の斡旋業《あつせんぎよう》だが、島蔵は危険な普請《ふしん》の人足、借金の取り立て、用心棒などまともな奉公人の敬遠する仕事ばかりを引き受けて男たちを斡旋していた。そのため、極楽屋に集まってくるのは、入墨者《いれずみもの》、無宿人《むしゆくにん》、地回りなど世間に背をむけて生きている者たちばかりだった。そうした連中を、島蔵は店のつづきにある長屋に住まわせていたので、一膳めし屋は悪人《ワル》の溜まり場のようになり、土地の者は怖がって近寄らず、極楽屋ではなく地獄屋とか、地獄宿と呼んでいたのである。

平兵衛は縄暖簾《なわのれん》をくぐって、戸口ちかくの飯台の空樽《あきだる》に腰を落とした。店内は暗かった。澱《よど》んだような闇のなかに、酒と煮物の匂い、それに汗の臭いと人いきれがあった。隅の燭台《しよくだい》の灯に、複数の人影がうごめくように浮かび上がっていた。

いくつかの、目がこっちに向いていた。藪《やぶ》の中にひそんでいる野犬のような目である。

土間の奥から、前掛け姿の島蔵が出てきた。

「旦那、お待ちしてやしたぜ」

島蔵は手にした銚子と、小丼《こどんぶり》に入れた小芋《こいも》の煮付けを平兵衛の前に置くと、

「この旦那と、話がある。おめえたちは、奥で飲んでくんな」

そう言って、飯台《はんだい》にいた男たちを去らせた。
四、五人いたろうか、いずれも島蔵の息のかかった者たちらしく、不平も言わずに奥の座敷へ移った。
「相手は」

茶碗酒を飲み干した後、平兵衛が訊《き》いた。

島蔵は、無宿人や入墨者などにあぶない仕事を斡旋することのほかに、もうひとつ闇の仕事に携わっていた。殺しの請負である。

本所、深川、浅草界隈の闇の世界では、この世に生かしておけねえ奴なら、殺しは地獄の閻魔《えんま》に頼め、とささやかれていた。地獄は地獄屋であり、閻魔とは島蔵のことである。島蔵は、赤ら顔で牛のように大きな目玉をしていた。その顔貌《つら》が閻魔に似ていたのである。

「青田《あおた》京之介《きょうのすけ》ってえ、旗本の次男坊でして」

「武士か」

「へえ、ですが、こいつが、女たらしの悪人でしてね。生かしておけねえやつなんで」

島蔵の話によると、青田は役者にしてもいいような美男だという。男前をいいことに、裕福な商人の娘をたらしこみ、金を絞れるだけ絞った揚げ句に体まで弄《もてあそ》んで捨てるというのだ。

「依頼人は両国米沢町《りょうごくよねざわちょう》の呉服問屋、戸田屋《とだや》さん。主人《あるじ》の松蔵《まつぞう》さんのひとり娘でお浜《はま》ってえのが青田にひっかかって、悲嘆のあまり大川に身を投げちまったらしいんで。……まァ、それで、娘の敵《かたき》を討ちたいと、人伝《ひとづて》に聞いて訪ねて来たわけでしてね」

お浜は両袖《りょうそで》に小石を詰め、深夜両国橋から大川に身を投げ、翌朝、永代橋ちかくの舫《もや》い杭《くい》にひっかかってるのが発見されたという。

「その男、こっちは遣えるのか」

平兵衛は腰の脇差に手を添えた。

「いえ、それが、剣術のほうはからっきしのようなんで」

島蔵によると、青田は女のようなやさ男で武芸には縁がないそうだという。

「それなら、わしでなくともよかろう」

地獄宿に出入りする殺し屋は、平兵衛だけではなかった。匕首《あいくち》を巧みに遣う孫八という男もいたし、その程度の相手なら、地獄宿に投宿している島蔵の手下でも始末できるはずだった。

「あっしもそう思いやしてね。この宿にいた辰吉《たつきち》ってえ男に話をもっていったんでさァ。ところが、こいつが手もなくやられちまいましてね」

辰吉は、上州高崎宿《じょうしゅうたかさきしゅく》で人を斬って江戸へ逃げてきていた博奕打《ばくちう》ちだった。度胸もあるし長脇差《どす》を遣うのもうまいのだが、青田に仕掛けた翌朝、柳原の土手で無残な死体が見つかったという。

「その死骸《おろく》を見て、驚きやした。額《ひたい》に鬼にでも殴られたような打傷の痕があり、首が折れてましたんで」

そう言って、島蔵がギョロリと目を剝《む》いた。

「木刀ではないのだな」

「へえ、……まァ、鬼ということはねえだろうが、丸石か、木槌《きづち》のようなでけえやつで、額をゴツンと。そんな傷痕《きずあと》だったたんで」

「ほかに傷痕は」

「まったくありやせん」

「うむ……」

何か固い物で殴ったとしても、よほど強力の者でなければ首の骨が折れるほどの打撃は生まれないだろう。それに喧嘩慣れした博奕打ちを一撃で仕留めたとなると、何の武器を遣ったにしろ手練《てだれ》とみなければならない。

……おれの仕事のようだ。

と、平兵衛は思った。

飯台の上に伸ばした両手の指が、小刻みに震えていた。殺しを自覚すると、いつもそうだった。指先が震えてとまらなくなるのだ。

「やっていただけやすか」

島蔵が飯台の上で手をひらいた平兵衛の指先に、目を落として小声で言った。島蔵も、平兵衛がその気になると、指が震えだすことを知っていたのだ。

「ああ……。だが、かんたんには仕掛けられぬ。すこし、手間がかかるが」

むかしのような体ではなかった。足腰は衰えているし、少し走っただけで息が上がる。それに年をとって気が弱くなったせいか、真剣勝負に対する怯《おび》えがあった。

怯えを克服し、斬れる、という自信が持てぬうちは仕掛けられない。心が動揺していれば、こっちが殺《や》られるのだ。

「いいですとも」

島蔵は承知し、懐《ふところ》から巾着《きんちゃく》を取り出した。

「これは、刀の研ぎ代で」

そう言って、島蔵は切《き》り餅《もち》ひとつと五両を取り出した。切り餅ひとつが二十五両、合わせて三十両の仕事である。島蔵は、平兵衛が殺しにとりかかるとき愛刀を研ぐことを知っていて、研ぎ代と言って手渡すのだ。

「ところで、旦那」

平兵衛が金を懐にしまったのを見て、島蔵が言った。

「こんどの殺しに、若い者をひとり使っちゃァもらえませんか」

「若い者とは」

「嘉吉というやつで、殺された辰吉の弟分なんで」

「つなぎに来た男か」

平兵衛は、嘉吉が待っていると言い置いて、駆け去ったのを思い出した。どうやら、こういう含みがあって、つなぎ役に使ったらしい。

「兄貴の敵を討ちてえと、うるせえんで……」

嘉吉も辰吉といっしょに上州から流れてきた博奕打ちだという。

「……わしの言うとおりに動けばだが、できるか」

「そりゃァ、もう。旦那の言うとおり動けと、強く言い聞かせてありまさァ」

そう言うと、島蔵は立ち上がり、奥から若い男をひとり連れてもどってきた。長屋で会った嘉吉である。

「旦那、お願《ねげ》えしやす」

嘉吉は平兵衛を見つめたまま言った。

顔が蒼ざめ、双眸《そうぼう》が刺すような鋭いひかりを放っていた。どうやら、本気で辰吉の敵を討つつもりでいるようだ。

3

戸口に慌《あわ》ただしい下駄の音がし、屏風の向こうからまゆみが、こわばった顔を覗かせた。

平兵衛の住む長屋は、入口の土間につづいて八畳の座敷がある。その部屋の一角を板張りにし、屏風でかこって刀研ぎの仕事場にしていた。

「まゆみ、何の騒ぎだ」

平兵衛は手にした砥石《といし》を脇へ置き、研ぎかけの刀身を手にしたまま立ち上がった。

「父上、大変です。越後屋《えちごや》さんのお登勢《とせ》さん、夕べ、大川に身投げしたんですって」

興奮しているのか、まゆみは早口に喋った。

越後屋というのは、同じ町内にある米問屋である。本所でも名のある大店《おおだな》で、そこのひとり娘がお登勢という名であることは、平兵衛も知っていた。

「越後屋のひとり娘なら、何の苦労もなかったろうに、身投げとはな」

平兵衛は刀身を水桶《みずおけ》で洗い、水を拭き取ってから白鞘《しろさや》に納めた。まだ、研ぎ終わっていなかったが、急ぎの仕事でもなかったので終《しま》いにしたのである。

「思いを寄せていたお侍さまに冷たくされ、悲観して身を投げたらしいの」

「ほう、侍にな。それで、侍の名は」

平兵衛の頭に青田のことがよぎった。

「名前は分からないけど、市村座《いちむらざ》の半五郎《はんごろう》にそっくりなんですって」

まだ、まゆみの口吻《こうふん》は昂《たか》ぶっていた。

市村座は日本橋葺屋町《ふきやちょう》にある歌舞伎の芝居小屋で、そこで菊村《きくむら》半五郎という若手の役者が、評判をとっていることは平兵衛も耳にしていた。

「相手が侍では、越後屋の娘でもどうにもならなかったのだろうな」

相手は青田にまちがいない、と平兵衛は思ったが、それらしいことは訊かなかった。裏稼業のことは、おくびにも出したくなかったのである。

「それが、そうでもなかったらしいの。三月ほど前、おしまさんが浅草寺《せんそうじ》の境内《けいだい》でいっしょにいるのを見かけたらしいんだけど、ふたりは若夫婦のように仲良く歩いていたというから」

おしまというのは、同じ長屋に住む同じ年頃の娘である。どうやら、まゆみはその娘から話を聞いたらしい。口から生まれてきたと思われるほど、お喋りな娘である。

「まァ、いろいろあったんだろうよ」

平兵衛は話を打ち切ろうとした。

「そうね。……それにしても、よほど辛《つら》かったのでしょうね。お登勢さん、両方の袂《たもと》に小石をいっぱい詰めて、両国橋から飛び込んだらしいんですって」

そう言うと、まゆみは台所の前に立ち、袂から細紐《ほそひも》を出して襷《たすき》をかけた。夕餉の支度にかかるつもりのようだ。

その背を見ながら、平兵衛は上がり框につっ立っていた。

……身投げではないかもしれぬ。

と、平兵衛は察した。

島蔵から聞いた戸田屋の娘の場合と酷似していた。ふたりとも思いを寄せた男に冷たくされ、悲観して両袖に小石を詰めて橋から大川に身を投げたというが、偶然にしてはでき過ぎている。身投げに見せた殺しとも考えられた。

「父上、向かいのおたえさんに、いい茄子《なす》をいただいたので汁に入れますから」

まゆみが、竈《かまど》の前にかがみこんだまま言った。

すぐに、手元から煙がたち上り、付け木のはぜる音が聞こえてきた。

「まゆみ」

平兵衛が声をかけた。

「はい……」

まゆみが首をひねって振り返った。吹竹《すきだけ》を吹いていたせいで、口のまわりに赤い輪ができている。竈の中で火が燃え上がり、まゆみの白い首筋や顎のあたりがうすい鴇色《ときいろ》に染まっていた。平兵衛はどきりとした。子供らしい仕草の奥に、燃え立つような女の色香を垣間見たような気がした。

まだ、子供だと思っているうちに、いつの間にか娘らしくなり、およしにそっくりになってきた。

「……見てくれのいいだけの男に、騙《だま》されてはならぬぞ」

平兵衛は声を詰まらせて言った。

「父上、ご心配なく。あたしには父上がいますから……。世話してくれる人がいなければ、父上が困るでしょう」

まゆみは、いたずらっぽい目をして平兵衛を見ると、また、竈の方へ顔をむけ、薪《まき》を入れて吹竹を使いはじめた。竈の火勢が増し、頰をふくらませたまゆみの顔が真っ赤に染まった。

……やはり、青田は生かしてはおけぬ。

まゆみと殺されたお浜やお登勢のことが重なり、平兵衛の胸で青田に対する殺意が高まった。

4

「旦那、あの男でさァ」

嘉吉が長屋門から出てくる人影を指差した。

月明りに浮かび上がった人影はふたつ、羽織袴《はおりはかま》の武士と山袴《やまばかま》に法被《はっぴ》姿の中間《ちゅうげん》らしい男である。

場所は本所石原町《いしわらちょう》、旗本青田惣兵衛《そうべえ》二百五十石の屋敷の表門のちかくである。平兵衛と嘉吉は、表門の見える向かいの屋敷の板塀《いたべい》の陰にいた。

ここ十日ほどの間、嘉吉は何度か青田を尾行し動向を探っていた。その嘉吉の話では、青田は夜になると、中間らしい男を連れてよく出かけるとのことだった。柳橋《やなぎばし》にある料理茶屋の富鶴《とみつる》と、出会茶屋の華村《はなむら》が馴染みらしい。

そして、まゆみからお登勢のことを聞いた翌日、嘉吉が姿を見せ、

「華村へ連れ込んだ女は、越後屋の娘ですぜ」

と、怒ったような声で言った。

「お登勢か……」

思ったとおり、お登勢も青田の毒牙にかかったようだ。

「旦那、いつまでも放っちゃおけませんぜ。あの野郎、うぶな金持ちの娘をたらしこみ、金を絞りとると後腐《あとくさ》れのねえように、始末してやがるんだ」

嘉吉も、ふたりの娘が投身自殺したとは思っていないようだ。

「ところで、嘉吉、青田のまわりで何か騒ぎがあったかい」

平兵衛が訊いた。

青田が娘たちを殺してまで始末しようとするからには、娘が逆上して騒ぎ出すとか、親たちが青田の屋敷へ押しかけるとか、何か揉め事があったはずなのだ。

「いえ、とくに。華村へふたりが入るところを見やしたが、わりない仲のように見えやした」

「うむ……」

そのとき、平兵衛の胸に疑念が生じた。

娘たちを殺すほどのことはなかったのではないか。青田にしてみれば、親たちとの約定《やくじょう》があったわけではないし、女に金品を貢《みつ》がせただけで強奪したわけではない。身投げに見せかけて殺さなくても、手は切れただろうと思えた。

……ともかく、青田の顔を見てみよう。

そう思って、嘉吉に頼み、今夜こうして屋敷の前に来ていたのだ。

「旦那、こっちに来ますぜ」

嘉吉が声を殺して言った。

見ると、ふたりはこっちに向かって歩いて来る。青白い月光に、ふたりの姿が浮かび上がったように見えた。平兵衛と嘉吉のいる場所は、板塀の間の狭い露地の闇溜《やみだま》りで、凝《じっ》としていれば気付かれる恐れはなかった。

先に歩いてくるのが青田らしい。瘦身《そうしん》の男だった。白皙《はくせき》、端麗、まさに役者にしてもいいような男振りである。

……だが、武芸は身につけておらぬ。

平兵衛は直感した。

腰まわりが細く、体を上下させながらぺたぺたと足音をさせて歩いている。武芸の修練を積んだ者の体軀《たいく》ではないし、歩行の姿も隙《すき》だらけである。

もうひとり、青田のすぐ後ろを影のようについて行く中間がいた。醜《みにく》い容貌の男だった。短軀で猪首《いくび》、痘痕面《あばたづら》で大きな唇がめくれ上がり、牙《きば》のような歯が二本のぞいている。容姿端麗な青田といっしょにいるせいで、その醜さがよけい際立って見えるのかもしれない。ともかく、おぞけを感じるほど醜怪《しゅうかい》な男である。

「旦那、どうしやす」

ふたりが通り過ぎたのを見送ったあと、嘉吉が訊いた。

「いま、仕掛けるわけにはいかぬ」

平兵衛は青田が、辰吉を始末したとは思えなかった。あるいは、いっしょにいる中間か、とも思ったが、腰に帯びているのは脇差だけである。法被の下に手首ちかくまである長い筒袖を着ていたが、強い打撃を生むような武器《えもの》を隠しているとも思えなかった。ともかく、青田がどうやって辰吉を仕留めたのか分からぬうちは、迂闊《うかつ》に仕掛けられなかった。

「……尾《つ》けてみよう」

そう言って、平兵衛が露地から出ようとしたが、ふいに、その足がとまった。

……だれかくる！

平兵衛は慌てて、その場にかがみこんだ。

ふたりの後を尾けているらしい人影を、路傍《ろぼう》にある松の老樹の陰に見たのだ。

武士である。牢人らしく、総髪で後ろで束《たば》ねていた。蘇芳色《すおういろ》の小袖に茶の袴、腰に帯びているのは黒鞘の大刀だけである。

……あやつ、神道無念流《しんとうむねんりゅう》の佐伯謙次郎《さえきけんじろう》だ。

月光に照らされた横顔に見覚えがあった。

親交はなかったが、本所番場町に住む牢人で、神道無念流の遣い手だった。三年ほど前までは道場主だったのだが、酒好きで指南に身を入れなかったため門弟が去り、いまは牢人暮らしのはずであった。近隣の富商や小身の旗本などで、何か揉め事があると顔を出し用心棒のようなことをして口を糊《のり》していると聞いていた。

「旦那、あいつ、青田たちを狙ってますぜ」

嘉吉が小声で言った。

佐伯が、前を行くふたりのことを狙っているのは、平兵衛にも分かっていた。足音を忍ばせ板塀や樹の陰に身をひそめながら尾けていく佐伯の姿には、獲物を追う獣《けもの》のような殺気があったからである。

「どうしやす」

尾行していく佐伯の背が、しだいに小さくなっていく。

「尾けてみよう」

そう言って、平兵衛は板塀の陰から通りへ出た。嘉吉も後ろにつづく。

前を行く青田たちは、武家屋敷のつづく通りを抜け大川端に出ると、御竹蔵《おたけぐら》の前を両国方面へ向かった。

大川にはたくさんの涼み船が出ており、華やかな彩りで川面を染めていた。川端の道にも涼み客らしい男女が行き交い、ときおり花火が上がると、歓声や掛声などがあがった。

尾行は楽だった。まばらだが通行人の姿があり、身を隠す必要もなかったし、月光や豪華な屋形船の灯が、前を行く青田と中間の姿を浮かび上がらせていたからである。

「旦那、これじゃァ、あいつも仕掛けられませんぜ」

嘉吉が言った。

思ったより通りは明るかったし、人の目もある。嘉吉の言うとおり、この通りで暗殺は無理だった。両国橋がちかくなると、行き交う人の姿はさらに増え、とても斬り合いなどする状況ではなくなった。

大川の川開きが終わって十日あまり、しかも夕涼みには絶好の気持ちのいい月夜である。両国橋や周辺の大川端には夕涼みや花火見物の老若男女が、大勢くり出しているようだ。

「青田は、富鶴へ行くようですぜ」

嘉吉が平兵衛に身を寄せて言った。

青田たちは両国橋の橋詰の人混みのなかを右手にまがり、橋を渡ろうとしていた。渡った先の右手が柳橋である。

「どうやら、佐伯もあきらめたようだ」

両国橋のたもとで佐伯は尾行をやめ、人混みのなかにまぎれていた。

「旦那、どうしやす」

「今夜はここまでだな」

平兵衛は、これ以上青田たちを尾けても無駄骨だろうと思った。

5

杉や樫《かし》などの鬱蒼《うっそう》とした葉叢《はむら》でつつまれた境内に、ひとり平兵衛は立っていた。本所番場町にある妙光寺という無住の小寺である。平兵衛は人目を忍んで木刀を振ったり、剣の工夫をしたりするとき、この寺の境内を利用していた。

平兵衛は島蔵を通して殺しの依頼を受けてから、ときおり木刀を携えてここに来ていた。老体に鞭打《むちう》って、若年のころの強靭《きょうじん》な体を取り戻そうと思ったわけではない。取り戻したかったのは、勝負時の勘と一瞬の反応、それに敵を恐れぬ自信である。

この境内に通うようになって、二十日ほど経《た》つ。まだ、掌《てのひら》の皮は破れたままで足腰も痛んだが、激しく動いても息だけは上がらなくなってきた。

木刀を振り始めて、半刻（一時間）ほどしたとき、嘉吉が朽ちかけた山門を駆け込んできた。この場所は、何かあったら報《し》らせるよう嘉吉に伝えてあったのだ。

「旦那、佐伯が殺《や》られましたぜ」

嘉吉は、荒い息を吐きながら言った。

「いつのことだ」

「昨夜、先日、旦那と尾けた御竹蔵のちかくでさァ」

「青田に仕掛けたな」

昨夜は小雨模様だった。大川端にも人影はなかったはずである。佐伯が青田の後を尾けて襲ったのであろう。それに、その後の嘉吉の聞き込みで、佐伯がなぜ青田を狙うのかも分かっていた。佐伯はお登勢の自殺の理由を耳にし、越後屋に娘の敵を討ってやると持ちかけて金を出させたようなのだ。

「佐伯を殺ったのは、だれだ」

まず、それが知りたかった。佐伯は酒で身を持ちくずしたとはいえ神道無念流の遣い手である。とても、青田には無理だろうと思われたのだ。

「それが、分からねえんで。……辰吉兄《あに》いと同《おん》じように、額に鬼にでも殴られたような痕がありやして、首の骨が折れていたらしいんで」

嘉吉は、検死に立ち会った南町奉行所の同心が話しているのを聞いたと言い添えた。

「どういうことであろう……」

平兵衛の頭は混乱した。

佐伯は青田と供の中間のふたりを襲い、返り討ちにあったとしか思えなかった。しかし、ふたりは、そのような傷を残すような武器を持っていなかったし、どのような武術を遣うにしろ佐伯ほどの遣い手を仕留めるほどの手練とも思えなかったのだ。

「佐伯は、刀を抜いていたのか」

「へい、死骸《おろく》は刀をつかみ、襷がけだったそうで」

「うむ……」

佐伯の方から、斬り込んでいったと見ていいようだ。その佐伯を一撃で仕留めたのだから、尋常の遣い手ではない。

　平兵衛は、ふいに冷たい物で背筋を撫《な》ぜられたような気がして身震いした。両手が震えている。いつもの斬殺に臨むときの震えにくわえて、強敵に対峙《たいじ》した高揚と怯えが、傍目《はため》にもはっきり分かるほど両手を強く震わせているのだ。

「旦那、でえじょうぶですかい」

　嘉吉がその手の震えを見て、困惑したように顔をゆがめた。

「殺しにかかるときは、いつもこうなる」

　平兵衛はつぶやくような声で言った。

「どうしやす……」

　嘉吉が不安そうな声で訊いた。

「こっちから、仕掛けてみよう」

　ともかく、相手がだれなのか分からないうちは、手の打ちようがなかった。

「…………」

「嘉吉、元締に頼んで、二、三人、手を貸してもらってくれ」

「大勢で、仕掛けるんで」

「いや、向こうの動きを見るだけだ」

平兵衛が手筈《てはず》を話すと、

「そういうことなら、すぐにも」

嘉吉はニヤリと笑い、着物の裾をつかんで尻《しり》っ端折《ぱしよ》りすると、跳ねるような足取りで山門を出ていった。


それから三日後、妙光寺の境内にいる平兵衛のところに嘉吉が姿を見せた。

「旦那、今夜、仕掛けますぜ」

嘉吉が目を光らせて言った。

「屋敷を出るかな」

青田が出かけるのは、毎夜ではない。こっちが、待ち伏せていても、相手があらわれないことには仕掛けようがないのだ。

「野郎、ここ二晩、屋敷にこもったきりだ。……今夜あたりきっと出ますぜ。伊《い》之《の》助《すけ》と昌造《まさぞう》が手を貸してくれる手筈になっておりやす」

伊之助と昌造は、地獄宿にたむろしている島蔵の手下である。

「よし、日が沈んだら行こう」

場所は青田が柳橋へ出かける通り道の大川端、松林のある寂しい地と決めてあった。

平兵衛はいったん長屋にもどり、日が傾くのを待ち、念のために愛刀の来国光を腰に帯びて出た。幸い、まゆみは緑町に住む裁縫《さいほう》の師匠のところへ出かけていたので、刀を持参して出る平兵衛を見咎《みとが》める者もいなかった。

約束の松林の樹陰に嘉吉たち三人の姿があった。

「よいか、間《ま》は三間《けん》。それ以上、近付くな。相手が向かって来たら、ともかく逃げるんだ。……何がくるか、分からんぞ」

すでに、手筈は嘉吉を通して伝えてあったが、平兵衛はあらためて三人に念を押した。

三人は、こわばった顔でうなずいた。体が小刻みに震えている。兄貴株の辰吉の凄惨な死骸《むくろ》を見ている三人は、得体の知れぬ化け物に立ち向かうような悲壮感をただよわせていた。

どんよりと曇った宵《よい》だった。大川には、ぽつぽつと涼み船の明りがあったが、辺りの闇は濃かった。生暖かい風が流れていた。いまにも降り出しそうな空模様のせいか、通りに人影はなかった。

「この暗闇は、逃げるおまえたちの姿を隠してくれるはずだ」

平兵衛が言うと、三人は目を剝いたままコクリとうなずいた。

それから小半刻（三十分）ほどすると、川上の方にぽつりと提灯《ちょうちん》の灯が見えた。灯はしだいに近付いて来る。

「き、来やした！」

嘉吉が押し殺した声で言った。

足音はふたり。提灯に浮かび上がった人影は、武士と中間ふうの男だった。どうやら、青田と供の中間のようだ。四人は、息をひそめて提灯の近付くのを待った。

提灯を持った中間と青田が十間ほどに近付いたとき、嘉吉が懐から匕首を抜いて通りへ駆け出した。伊之助と昌造も、はじかれたように飛び出した。

「あ、青田！　てめえの命はもらったぜ」

嘉吉が甲高《かんだか》い声を出して、匕首を前に突き出した。

伊之助と昌造も匕首を構えて嘉吉の左右に立ったが、体が震えている。

三人の出現に、提灯を持った中間の足がとまった。すぐ背後にいる青田が、伸び上がるようにして前方を見た。

中間のかざした提灯の明りのなかに、むき出しになった三人の脛《すね》と手にした匕首が、白く浮き上がったように見えた。

……さて、どんな手でくる。

平兵衛は闇のなかに凝《じっ》としたまま、青田と中間を見つめていた。青田が絽羽織《ろばおり》と袴、中間が長い筒袖と山袴だった。武器は青田の大小と中間の脇差しかない。

嘉吉たち三人と、前に立っている中間との間合は五間ほどあった。中間は、ほかにも仲間がいるのか探るように高くかかげた提灯を左右にまわし、三人のほかにいないと分かると、ふいに提灯を前方の路傍に投げた。

と、同時に、中間が猛然と前に走り出した。提灯が燃え上がり、黒い短軀が疾走する夜走獣のように炎のなかに浮かび上がった。

……鬼は、こいつだ！

平兵衛は頭のなかで叫んだ。

そのとき、嘉吉が、野郎！　と叫びざま、手にした匕首を走り寄る中間にむかって投げた。中間は右手を振り上げて、その匕首を撥《は》ね飛ばしたが、一瞬足がとまった。

「逃げろ！」

嘉吉は一声叫ぶと、反転して駆け出した。遅れじと、伊之助と昌造が後につづく。

嘉吉たち三人の逃げ足は迅《はや》かった。はじめから逃げるつもりでいたので、足まわりを草鞋《わらじ》でかため、腰高に尻っ端折りしていた。相手の初手の踏み込みさえかわせば、嘉吉たち三人の逃げ足の方が迅かった。見る間に、三人の姿が闇に消えて行く。

引き返して来た中間は、その場につっ立っていた青田に何やらぼそぼそと話し、口元をゆがめた。三人の速い逃げ足を、嗤《わら》ったようだ。提灯の炎に足元から照らされた中間の顔が、闇の中から姿をあらわした醜怪な鬼のように浮かび上がっていた。

6

武者窓から、涼風が流れこんできていた。道場の周囲の緑陰をぬけてきた風が、端座している平兵衛の汗ばんだ肌を心地よく撫ぜていく。

平兵衛は神田花房町《はなぶさちよう》にある関口流柔術桑井《せきぐちりゆうじゆうじゆつくわい》道場へ来ていた。大川端で嘉吉たち三人が、青田と中間を襲って逃げた五日後である。

その後、嘉吉が中間の身辺を洗い、勘助《かんすけ》という名の三十代半ばの渡り中間で、若いころから花房町の柔術道場に通っていたことをつかんできたのである。

「あとは、わしが調べよう」

そう嘉吉に言って、平兵衛が花房町まで足を運んで来たのだ。

道場主は桑井伯道《はくどう》、平兵衛と同様、還暦にちかい老齢のはずである。対応に出た門弟に訪《おとな》いを請うと、道場内に招じ入れてくれた。

「待たせましたかな」

おだやかな笑みをたたえて、伯道があらわれた。白髭《しろひげ》を顎にたくわえた好々爺《こうこうや》で、柿色《かきいろ》の筒袖に濃紺《のうこん》のかるさん、無腰である。

「お手間をとらせます。少々、お尋《たず》ねしたいことがございましてな」

先程、若い門人には、口入れ屋の身内の者だが門弟の身元のことでお尋ねしたい、と告げてあった。

「口入れ屋さんのご身内の方とも、見えませぬが」

伯道は平兵衛を見て怪訝《けげん》な表情を見せた。平兵衛は伯道と同様、筒袖にかるさんという身装で来ていたが、その落ち着いた隙のない挙措《きょそ》からただの町人ではないと見てとったようだ。

「刀研ぎを生業とする者でござるが、親戚筋が口入れ屋をやっておりましてな。まァ、その縁で、依頼されたわけでござる」

平兵衛は口入れ屋の名や町名は、口にしなかった。まさか裏稼業のことは知るまいが、迂闊に極楽屋の名は出せなかったのだ。

「さようか。……して、何をお知りになりたい」

「中間をしていた勘助なる者が、店にあらわれましてな。奉公を望んでいるのでござるが、主人《あるじ》が身元を調べるつもりで、いろいろ訊きますと、当道場に通っていたことがあると申しますので、こうして、わしが代わってお訪ねした次第でござる」

平兵衛は、もっともらしいことを言った。口入れ屋は奉公人を世話する際に身元保証人になることもあるので、こう言えば勘助のことをあれこれ訊いても不審は抱かせないはずだった。

「……勘助なァ」

伯道の顔がくもった。

「何か、不都合なことでもござるか」

「わしの口からは言いにくいが、世話をするのはやめたほうがよろしかろう」

伯道は苦々《にがにが》しい顔で言った。

勘助は、花房町に住む大工の次男で、十五、六のころから当道場に通い、七年ほどで目録の腕になったという。桑井道場では、修行段階によって切紙《きりがみ》、目録、免許の三段階に分けていて、七年の修行で、目録は早いほうだという。

「なかなか稽古熱心じゃったが、あまりに粗暴でのう。他の門弟や近所の者との諍《いさか》いが絶えなかった。それで、やめてもらったのじゃ」

それで当道場とは縁が切れたので、その後のことは知らぬ、と伯道は眉宇《びう》を寄せたまま言った。

「妻子は」

「そこもとも勘助に会われたらしいので、納得できようが、あの顔だ。女子供は怖がって近寄らぬ。そのくせ色欲は人一倍強いらしく、娘が首をくるようなこともあったのじゃ」

勘助は町内に住む八百屋の娘に懸想《けそう》し、思いを告げて拒否されると、娘がひとりで歩いているところを襲って手込めにしたらしいという。悲観した娘は、その夜のうちに近くの寺の境内で首をくくってしまった。

「じゃが、娘が死んでしまったので、たしかなことは分からずじまいじゃ。その後は、花房町の実家にも寄り付かぬそうじゃ」

「さようで……」

平兵衛は、体を奪われた揚げ句に、大川に身を投げた戸田屋の娘のお浜や、越後屋のお登勢の場合と似たような話だと思った。

……あるいは、娘たちの死にも勘助がかかわっているのではあるまいか。

平兵衛は醜怪な獣のような勘助が、若い娘の体を弄んでいるおぞましい光景を、思い描いて体中が粟立《あわだ》った。

「まァ、勘助とかかわりをもたぬほうがよろしかろう」

そう言って、伯道が腰を浮かすと、

「もうひとつ、ぜひ、お伺いしたいことが」

と、慌てて平兵衛が言った。

「当道場では柔術のほかにも、何か武術をご指南されておられようか」

平兵衛は、関口流柔術に相手の首の骨を折るような荒技があるのか、あるいは他の武術も指南しているのか、知りたかったのだ。

「当道場は、柔術だけでござるが」

伯道は座り直し、怪訝な顔をして平兵衛を見た。

「いや、勘助が、いざとなれば、相手が刀槍《ろうそう》の達者でも、首の骨をへし折って見せるなどと申していましたのでな。まさか、あの男がそれほどの技を会得《えとく》しておるとも思えなかったもので……」

そう平兵衛が言うと、伯道はハッとしたような表情を浮かべ、

「そ、それは、わが流の岩砕《いわくだ》きのことかも知れぬ」

と、絞り出すような声で言った。

「岩砕き、とは」

「わが流の禁じ手でござって……。同門同士の稽古であっても、技をかけてはならぬことになっておるのだが」

伯道が訥々《とつとつ》と話したことによると、岩砕きという技は、相手の懐に飛び込み両腕を腹部にまわして抱え上げ、反り返って背後に投げるという。

「反り返って投げる……」

「さよう、剛腕、大力の者でなければ遣えぬ技だが、投げられた者は逆さになって額から落ちる。……首の骨を折るか頭蓋《ずがい》を砕くか、まず命は助からぬ。それゆえ、岩砕きと呼ばれておる」

「それだ！」

と、平兵衛は声をあげた。

7

平兵衛は愛刀の来国光を、逆八相《ぎゃくはっそう》に構えたまま立っていた。夕闇のつつみはじめた妙光寺の境内である。

来国光の刀身は、一尺九寸。身幅《みはば》の広い剛刀だが、定寸の刀より三、四寸は短い。平兵衛が小太刀の動きを生かすため、刀身を截断《せつだん》してつめたものなのである。

若いころ、平兵衛は富田流小太刀から分派した金剛流を学び、小太刀の寄り身や間積《まづ》もりを身につけた。その後、地獄屋に出入りするようになり、多くの斬殺を通して、「虎の爪」なる必殺剣を自得した。

虎の爪は、刀身を左肩に担ぐように逆八相に構え、一気に間合に入って、袈裟《けさ》に斬り落とす刀法である。この斬撃《ざんげき》は、相手の右肩から入り鎖骨《さこつ》と肋骨《あばらぼね》を截断して左脇腹に抜ける。截断された肋骨が、猛獣の爪のように傷口に露出することから虎の爪と称したのである。

平兵衛は、虎の爪で勘助の岩砕きに立ち向かうつもりだった。

脳裏に、嘉吉に突進していく勘助の姿を思い浮かべ、逆八相から鋭く踏み出し、右肩へ斬り落とした。

……斬れる！

勘助の寄り身は迅く鋭いが、素手である。お互い正面から鋭く踏み込んでいくため、左右に跳んでかわすのもむずかしいはずだ。まちがいなく斬れる、と平兵衛は思った。

……だが、妙だな。

平兵衛は何か胸にひっかかるものを感じた。

長年人を斬って生きてきた者の勘といってもいい。勘助は、岩砕きの必殺技のほかにも何か嵌手《はめて》のようなものを秘めているような気がしたのだ。

佐伯のこともある。神道無念流の遣い手である佐伯が、一太刀も浴びせずに岩砕きで仕留められていた。佐伯は抜刀していたので、不意をつかれたわけではない。正面から踏み込んでくる勘助に、佐伯ほどの者が一太刀も浴びせずに懐に入られるなど考えられぬことであった。

……何かある。

平兵衛はそう察したが、恐れはなかった。

勘助が奇手や嵌手を秘めていても、勝機はあると思っていたのだ。それは、岩砕きが懐に飛び込み、腹部を両腕で抱えねばならぬ技だったからである。懐にさえ入られねば勝てる、と平兵衛は踏んだ。

平兵衛は逆八相に構え、切っ先が敵の顔面をかすめるほどの間で斬り落とした。この間合では斬れないが、虎の爪の初太刀《しょだち》を捨て太刀にして敵の反応を見るつもりだった。

敵の顔面に斬り落とし、その反応によって、二の太刀を揮《ふる》うか、背後に跳んでさらに間合をとるかである。

平兵衛は、脳裏の勘助に対して何度もこの斬撃をくりかえした。

体の節々《ふしぶし》が悲鳴をあげ、心ノ臓が喘《あえ》ぎ、ふいごのように荒い息を吐いた。体がつづかなくなると、どさりと大地に尻餅をつき、息の治まるのを待って、またはじめる。

……人を斬るのは、容易なことではないわ。

老いた平兵衛は、斬殺のむずかしさをよく知っていたのである。

平兵衛が伯道から話を聞いた十日後、妙光寺に嘉吉が姿を見せた。

「旦那、青田のやつ、別の女に手を出してますぜ」

嘉吉が苦々しい顔で言った。

ちかごろ、青田は浅草森田町《もりたちょう》のお初《はつ》という薬種問屋の娘と逢引《あいびき》をするようになったという。青田が浅草寺の境内でお参りに来たお初に声をかけたのが最初で、その後は浅草寺の境内で逢ったり、柳橋の華村へ連れこんだりしているとのことだ。

「そのうち、お初も、お浜やお登勢のような目にあいますぜ」

嘉吉は、胸の憤懣《ふんまん》を吐き出すように言った。平兵衛がなかなか腰を上げないので、業《ごう》を煮やしているのだ。

「それに、旦那、中間の勘助もなかなかの悪人《ワル》のようですぜ」

嘉吉が腹立たしそうに喋ったことによると、勘助は中間仲間に、いやがる娘と無理やり情交するほうが味があっていい、などと話しているという。

「鬼は、勘助かも知れぬな」

平兵衛は、青田が娘たちを引き寄せる花で、勘助が闇にひそむ鬼ではないかと思った。青田が娘たちから金を絞り取り適当に体を弄んだ後で、勘助に娘をゆずる。勘助は娘の体を思いのままに嬲《なぶ》った後、投身自殺に見せかけて娘を始末していたのではないだろうか。

「旦那、ふたりとも生かしちゃァおけねえやつらですぜ」

嘉吉が平兵衛の決意をうながすように声を高めた。

「よかろう、嘉吉にも手を貸してもらうぞ」

平兵衛は、潮時だと思った。

8

大川の川面を渡ってくる風には初秋の冷気があった。まだ、遠近に涼み船の姿はあったが、盛夏のころに比べると、だいぶ少なくなっている。川端も寂しい。川沿いの道を歩く涼み客の姿はなく、ときおり遊び人ふうの男や夜鷹《よたか》などが急ぎ足で通り過ぎるだけである。

平兵衛は以前、嘉吉たちが青田を襲った松林の中にたたずんでいた。筒袖にかるさん、いつもの研ぎ師の格好だが、腰に二刀を帯びていた。

しばらく待つと、走り寄る足音がし、嘉吉が姿をあらわした。

「旦那、ふたりが屋敷を出やした」

荒い息を吐きながら、嘉吉が報らせた。

嘉吉は石原町にある青田の屋敷を見張り、ふたりが出たのを見てから別の道を先回りしてきたのだ。

「よし、手筈どおり、おまえは青田を狙え」

平兵衛は手早く、刀の下《さ》げ緒《お》で襷をかけながら言った。

「へい」

嘉吉も顔をこわばらせ、襷で両袖を絞った。

平兵衛は辰吉の敵を討ちたいと言い張る嘉吉に青田をまかせ、己は勘助を斬るつもりでいた。青田が剣の遣い手とは思えなかったが、念のため嘉吉には、青田が刀を抜いて向かってきたら逃げろ、と指示してあった。

「だ、旦那、でえじょうぶですかい」

嘉吉が、平兵衛を見て不安そうに言った。

平兵衛の顔は蒼ざめ、体が小刻みに震えていた。とくに両腕がひどい。袖口が揺れるほど震えている。

「殺しを仕掛けるときは、いつもこうだ」

「か、刀が握れますかい」

「わしには、これがある」

そう言うと、平兵衛は左手にぶら下げていた貧乏徳利《どっくり》の栓を抜いて、ゴクゴクと喉を鳴らして飲んだ。五、六合も、一気に飲み、フウッ、と大きく息を吐いた。震えはとまっている。乾いていた大地が水を吸うように平兵衛の全身を血潮が満たし、活力がみなぎってくる。萎《しぼ》んでいたような老体に覇気がもどり、多くの修羅場を生き抜いてきた剣客《けんかく》らしい凄絶さが身辺にただよう。

平兵衛は、残りの酒を口に含むと、来国光の柄に勢いよく吹きかけた。

「旦那、来やした！」

嘉吉が声を殺して言った。

平兵衛は、近寄って来るふたりの前に躍り出た。嘉吉が跳ねるような足取りで後につづく。

「な、何者！」

青田が顔をこわばらせて、ひき攣《つ》った声をだした。

「地獄から来た者……」

「じ、地獄だと」

「殺された娘たちの恨みを、晴らさせてもらう」

平兵衛は、腰を沈めて、刀の柄に手を添えた。

そのとき、背後にいた勘助が青田の前に出てきた。唇がめくれあがり牙のような歯を剝き出した醜怪な顔が、月光に浮かび上がった。

「青田さま、ここはあっしの出番のようで……」

勘助は、手の指を鳴らしながら肩を揺すり、ニヤリと嗤った。そのずんぐりした短軀には、闇にひそむ獣のような不気味さがただよっている。

「娘たちを殺したのは、おまえのようだな」

平兵衛は、抜刀しながら訊いた。

「そうよ、まるで、化け物でも見るような目をしやがるから、おれも化け物らしく扱ってやったのよ」

勘助はわずかに腰を落とし、両手を胸のところに構えた。

どうやら、素手で向かってくるようだ。間合は、およそ四間。平兵衛は逆八相に構えた。

青田は勘助の背後に退き、刀の柄に手をかけたまま震えている。その後ろへ、嘉吉が匕首を抜いてまわりこもうとしていた。

「化け物め、わしが冥途《めいど》へ送ってやる」

平兵衛は全身に気勢をみなぎらせ、足裏を擦《す》るようにしてジリジリと間をつめはじめた。

間合が三間ほどに迫ったとき、突如、勘助が動いた。迅《はや》い！　両手を前に突き出すようにして突進してくる。猪突《ちょとつ》のような激しい寄り身である。

イヤアッ！

裂帛《れっぱく》の気合を発して、平兵衛が逆八相から斜《はす》に斬り払った。勘助の出足をとめ、反応を見るための遠間《とおま》からの仕掛けだった。捨て太刀である。

だが、勘助の出足はとまらなかった。平兵衛の斬り払った刀身に対し、両腕を振り上げて弾いたのだ。

……これは！

平兵衛は驚愕《きょうがく》した。

勘助は、腕で刀身を弾き返し、そのまま平兵衛の懐に入るべく、突き進んで来た。

腕に何か着けている！　勘助の長い筒袖はそれを隠すためだったのだ。

刹那《せつな》、平兵衛は撥ね上げられた刀を手から離し、脇へ跳ね飛んだ。咄嗟《とっさ》の動きで、懐に入られるのは防いだが、平兵衛の体勢が泳いだ。

勘助は身を反転させて、平兵衛の方に突進してきた。顔に嗤いが浮いていた。素手になった平兵衛をあなどったらしい。

勘助の両手が平兵衛の脇腹に伸びるのと、平兵衛が小刀を抜き上げ右肩へ斬り込むのとが同時だった。咄嗟に、平兵衛は小刀で虎の爪を遣ったのだ。勘助は万力のような力で抱きつき、胸を合わせて背後へ投げ上げようとしたが、そこで動きがとまった。

勘助の顔がどす黒く怒張し、グワッ、と獣のような吠え声をあげた。次の瞬間、小桶の水をぶち撒けたように、勘助の胸元から血が噴出し、ふたりの上半身を血で浸した。

なおも勘助は、凄まじい強力で平兵衛の腹を締めつけたが、両眼を剝き口を開けたまま表情をとめた。

「化け物め……」

平兵衛が勘助を突き飛ばすと、勘助は両腕を抱きつくように伸ばしたままあお向けに倒れた。何かつかむように闇に伸ばした両腕に、黒い手甲《てっこう》が見えた。太い鉄輪を何本もくくりつけてある。どうやら、これで敵刃を弾いて懐に飛び込んでいたようだ。

仰臥《ぎょうが》した勘助の腹部から露出した肋骨が、夜陰のなかに白く浮き上がり、平兵衛の目に、野獣の骨のように映った。

「旦那ァ、こ、こっちだ！」

ひき攣ったような嘉吉の声が聞こえた。

見ると、嘉吉が川端の松の幹に背をつけ、その前で青田が狂人のように白刃をふりまわしている。平兵衛は落ちていた来国光をつかむと、青田の背後に走り寄りざま横一文字に斬り払った。血の糸を引いて、青田の首が夜陰に飛んだ。

群狼《ぐんろう》斬り

1

弦月《げんげつ》が掘割の水面《みなも》に映っていた。そよという風もない。辺りは暮色につつまれていたが、夜気のなかには、まだ日中の暑熱が残っている。

深川吉永町、仙台堀《せんだいぼり》にかかる要橋のたもとに三人の男が立っていた。ふたりが総髪、ひとりは髷《まげ》を結《ゆ》っていたが、いずれも牢人《ろうにん》らしく色褪《いろあ》せた小袖《こそで》に袴《はかま》姿で大刀を落とし差しにしていた。総髪で無精髭《ぶしょうひげ》の伸びた男が長身で、他のふたりは中肉中背だったが、容貌が似ていた。あるいは、兄弟かも知れない。

「源次《げんじ》、三之助《さんのすけ》、そろそろ頃合のようだな」

無精髭の男が、ふたりに言った。

ふたりの男が、要橋の向こうに目をやったまま無言でうなずく。男たちはゆっくりと歩きだした。

　橋を渡った先に、四方を屋敷の板塀《いたべい》や寺の杜《もり》、掘割などにかこまれた土地があり、そこに縄暖簾《なわのれん》を出した一膳めし屋があった。裏手にある古刹《こさつ》の鬱蒼《うっそう》とした杜の樹陰になり、そこだけ闇が深い。その闇溜《やみだ》まりに、店先から洩《も》れている灯《ひ》が鬼灯色《ほおずきいろ》にくっきりと浮かび上がっている。

「あれが、地獄屋かい」

　源次と呼ばれた男が言った。

「まちがいなかろう。鬼でも出そうな寂しい場所だ」

　無精髭の男が、そう言って歩をとめた。ふたりの男も立ちどまり、三人横に並んで店先に目をやった。

　縄暖簾の下がった店先から十間《けん》ほど。酒でも飲んでいるのか、店内から男の濁声《だみごえ》や哄笑《こうしょう》、瀬戸物の触れ合う音などが聞こえてきた。

「賑やかだな。鬼どもの酒盛りかい……」

　無精髭の男は口端《くちは》にうす嗤《わら》いを浮かべ、また、歩きだした。ふたりの男が後につづく。

　三人が縄暖簾をくぐり、飯台《はんだい》の空樽《あきだる》に腰を落とすと、騒がしかった店内が急に静まり、居合わせた男たちの目が三人に集まった。澱《よど》んだような薄闇のなかに、酒と煮物と男たちの汗の臭いがただよっている。ここは、無宿人《むしゆくにん》や地回りなどの溜まり場なのか、燭台《しょくだい》の仄明《ほのあか》りに浮かび上がったのは背に入墨《いれずみ》のある男、顔に刀傷のある男、隻腕《せきわん》の男など、いずれもまっとうな職人や店者とは思えぬ者たちである。

その男たちの目が、店の隅の飯台に腰を落とした三人の牢人に、刺すようにそそがれていた。底光りのする野犬のような目である。

その異様な沈黙を、料理場から飛び出してきた下駄《げた》の音がやぶった。料理場から慌《あわ》てて出てきたのは、店のあるじの島蔵である。

「お侍さま、何になさいます」

島蔵は赤ら顔で、牛のようにぎょろりとした大きな目をしている。その目で、三人の牢人を見つめながら訊《き》いた。

「あるじ、地獄屋というのはここか」

無精髭の男が、顔を上げて前に立った島蔵を見つめた。腰から抜いた刀を、膝の上に置いたままである。

「地獄屋などと、めっそうもない。この店は、極楽屋でございますよ」

そう言って、島蔵はすばやく周囲に目をやった。店内にいた男たちは凝固したように動きをとめていたが、三人の牢人に向けられた目は殺気だっていた。

「極楽屋だと」

三之助が、口元をゆがめて揶揄《やゆ》するように嗤った。

「へい、ここはめしや酒を売る極楽屋で……」

言いながら、島蔵は一間ほど後じさった。正面にいた無精髭が、膝の上の刀の鯉口《こいぐち》を切ったからである。

「酒もめしもいらぬ。利之助《りのすけ》に用があってきた」

無精髭が、飯台に腰を落としている男たちに目を向けながら言った。

「どういうご用件で」

「こいつを利之助に渡すように、頼まれて来たのよ」

そう言うと、無精髭が懐《ふところ》から切《き》り餅《もち》をひとつつかみ出して、飯台の上に置いた。

二十五両の大金である。

ふいに、店内の大気が揺れた。三人の牢人を凝視していた男たちが身を動かし、顔を見合わせたり、島蔵に目を向けたりしている。

ゴトリ、と隅の飯台で音がした。ひとり立ち上がり、その拍子に小丼《こどんぶり》でも倒れたらしい。

「ヘッへへ……。そいつはすまねえな。おれが利之助よ」

ひょろりとした若い男が、三人の牢人の方へ近寄って来た。右頰《みぎほお》から顎《あご》にかけて刀傷のある、目付きの鋭い男だった。

「利之助、取れ」

無精髭が、切り餅をグイと押し出した。

だが、利之助は、へらへらと嗤ったまま近付かなかった。目が油断なく、牢人の膝の上の刀にそそがれている。

こいつが気になるか、無精髭はそう言うと、苦笑いを浮かべながら膝の上の刀を飯台の上に置き、柄《つか》を利之助の方に向けて押しやった。こうすれば、刀を引き寄せて抜くまでに、間ができる。

「ヘッ、へへ……。それじゃァいただきやしょうか」

そう言って、利之助が歩み寄り、飯台の上の切り餅に手を伸ばした。

瞬間、無精髭の左手にいた三之助が腰を浮かし、同時にシャッという鞘走《さやばし》る音がした。鈍い骨音とともに薄闇に血糸を曳《ひ》きながら利之助の首が飛び、ごつん、と粗壁《あらかべ》にぶち当たる音がした。首を失った利之助は身を踊るように震わせ、首根から驚くほどの血を噴き上げた。

　一瞬、男たちが身をすくめ、その場を呪縛《じゅばく》するような緊張がはしったが、牢人たちが前の飯台を倒して立ち上がると、店内は激しい騒音につつまれた。

　男たちの怒号、叫喚《きょうかん》、飯台や空樽の倒れる音、酒器や丼類が倒れ土間に落ちて割れる音などがいっせいに起こり、轟音《ごうおん》のように響いた。男たちが匕首《あいくち》や長脇差《どす》を抜いたらしく、薄闇のなかに鈍い白光が交差した。

「おもてへ！　おもてへ出ろ！」

　無精髭が叫び、三人の牢人が店から飛び出した。

2

　長身の無精髭を中にして、左右に源次と三之助が立っていた。そのぐるりを、極楽屋の店内にいた男たち七、八人が取り囲んでいる。いずれも匕首や長脇差を抜き、飛びかかる寸前の狼《おおかみ》のように背をまるめ、じりじりと三人との間をつめていく。

　三人の牢人は抜刀し、いずれもわずかに腰を落とし下段に構えていた。当初からこうなることを予想していたらしく、三人の面貌《おもて》に追いつめられた表情はなく、その口元には不敵な嗤いさえ浮いていた。

「ま、待て」

島蔵が底響きのする声で言った。

三人はただの食いつめ牢人ではなかった。ここでやりあえば、大勢斬られる、と島蔵は察知したのだ。

「手出しするんじゃァねえ。この三人は、端《はな》からおめえたちが総がかりでくることを承知で手を出してるんだ」

島蔵は元締《もとじめ》らしい凄味《すごみ》のある声で、男たちを制した。

その制止で、取り囲んだ男たちが後じさると、

「ほう、さすがに地獄の閻魔《えんま》だ。おれたちの刀の錆《さび》にはなりたくないようだ」

そう言って、無精髭が下段の構えをといた。

「おめえさんの名は」

島蔵が訊いた。

「隠しても、じきに知れるだろうな。……おれの名は、室戸《むろと》勘兵衛《かんべえ》だ」

無精髭が答えた。つづいて、もうひとりの総髪が室戸源次、髷を結っている男

が、室戸三之助と名乗った。

「ご兄弟で」

「そうだ、室戸兄弟といえば、浅草界隈では多少知られた名だ」

勘兵衛が口元に嗤いを浮かべると、他のふたりがくぐもったような嗤い声を洩らした。

「それで、利之助を始末するために、わざわざここにおいでなすったんで」

島蔵は腑《ふ》に落ちなかった。

利之助を始末するなら、ひとりでいるときを襲えばいい。それに、これだけの腕があれば、ひとりで充分だろう。島蔵には、三人そろって大勢仲間のいるこの店に踏み込んできた理由がわからなかったのだ。

「利之助の首だけが狙いではない」

勘兵衛が切っ先を足元に落としたまま、島蔵を睨むように見て言った。

「島蔵、ここに来たのは、楢熊《ならくま》の依頼よ」

「楢熊の親分さんの……」

楢熊というのは、楢屋《ならや》熊五郎《くまごろう》のことである。十年ほど前まで、浅草で楢屋という同業の口入《くちい》れ屋《や》をしていたのだが、ちかごろは浅草、両国を縄張にもつ博奕打《ばくちう》ちの親分として名を売っていた。

「そうだ。楢熊にな、おめえの目の前で利之助の首を落とし、浅草、両国辺りに手を出せばこういうことになる、と見せてやってくれ、と頼まれたのよ」

「…………！」

楢熊の脅《おど》しだった。それも、手下のひとりの首を眼前で刎《は》ねるという残忍で、挑発的なやり方である。

そのとき、島蔵の背後の夜気が揺れた。身を引いていた男たちが、また匕首や長脇差の切っ先を牢人たちに向けたのだ。男たちの顔が憤《ふん》怒《ぬ》にゆがみ、辺りを殺気がつつんだ。

「ま、待て！」

島蔵ははやる男たちを両腕をひろげて、必死に押しとどめ、

「な、楢熊の親分さんに伝えてくれ。……そのうち、地獄屋のあるじが挨拶にいくってな」

顔を赭黒《あかぐろ》く怒張させて、そう言った。

3

小名木川《おなぎがわ》にかかる万年橋《まんねんばし》のたもとに、笹屋《ささや》という小体《こてい》なそば屋があった。その店先に、紺《こん》の筒袖《つつそで》にかるさん姿、まる腰で少し腰のまがった老爺《ろうや》がひとり立っていた。老爺は、入るか入るまいか、逡巡《しゅんじゅん》するように左右に目をやっていたが、やがて腰をかがめて暖簾《のれん》をくぐった。

老爺の名は安田平兵衛、歳は五十七。おもてむきは、本所相生町の庄助長屋に住む刀の研《と》ぎ師《し》である。

平兵衛の姿を目にした女中が、すぐに二階の奥の座敷へ連れていった。すでに座敷には明りがともり、人のいる気配がした。

障子《しょうじ》を開けると、島蔵と若い武士が座していた。平兵衛は戸惑った。島蔵ひとりと思っていたのだが、若い武士が同席していたのだ。年頃は二十代半ば、色白で端整な顔立ちの武士である。

「旦那、さァ、遠慮なく、こっちへ」

島蔵がすばやく腰を上げ、戸惑っている平兵衛を上座に座らせた。

「このお方は、片桐右京《かたぎりうきょう》さまで」

平兵衛が腰を落ち着けると、すぐに島蔵が若侍を紹介し、あっしらのことは、すでにご存じなんで、と耳打ちした。

「拙者《せっしゃ》、片桐右京と申す、神田に住む貧乏御家人の冷飯食《ひやめしく》いでござる」

そう言って、相好《そうごう》をくずした。嫌みのない、さわやかな笑顔である。

「てまえは、刀研ぎの平兵衛にございます」

平兵衛はくぐもった声で言って、頭をさげた。

女中が酒肴《しゅこう》を運び、階下に去る足音を聞いた後、

「旦那のことは、片桐さまには話してあるんで。いまでこそ刀研ぎだが、もとは御家人であり、金剛流の遣《つか》い手《て》であるとね」

島蔵が困惑したように顔をゆがめて言った。平兵衛の顔に、警戒するような表情があったからである。

「……安田どの、よろしく頼みいる」

今度は右京が、平兵衛に頭をさげた。

平兵衛は顔を赤く染め、手を上げてくれ、と言った。御家人の冷飯食いとはいえ、武士に頭をさげられるような身分ではなかった。

「旦那、今度の仕事は、ふたりでやってもらいてえんで」

島蔵が銚子を持って、平兵衛に酒をつぎながら小声で言った。

「………」

島蔵からの使いで、笹屋に呼び出されたときから、殺しの依頼であることは分かっていた。笹屋は島蔵の息のかかった松吉《まつきち》という男の店で、密談のときに使うことが多かったからである。

なおも、こわばったままの平兵衛の顔を見て、島蔵が身を乗り出して言った。

「旦那、片桐さまなら、心配いりませんぜ。口はかたいし、腕もいい。……おれのこの首をかけてもいい。転ぶようなことはありませんぜ」

転ぶとは、仲間うちだけで使われている言葉で、裏切るという意味である。敵に内通したり、町方に情報をもらしたりして仲間を売ることを、転ぶと言っていた。

「元締がそこまで言うなら……。ともかく、話を聞かせてもらおうか」

平兵衛はそう言ってから、手にした杯を干した。

「今度の依頼人は、この島蔵なんで」

島蔵の顔が、怒張したように赭黒く染まった。

「ほう、元締が」

平兵衛は驚いた。島蔵自身が、殺しの依頼人だという。いままで、島蔵の私的な利害や怨恨《えんこん》で殺しを頼まれたことはなかったからだ。

「極楽屋の店の中で、利之助の首が刎ねられましてね」

島蔵は、利之助が斬殺された顚末《てんまつ》を話した。

「その三人、なかなかの遣い手のようだが、なぜ、楢熊は利之助を始末しようとしたのだ」

「利之助が、楢熊の手下に手を出したんでさァ」

島蔵の話によると、楢熊の手下の繁松《しげまつ》という男が、浅草田原町《たわらちょう》の浜屋《はまや》という小料理屋に些細《ささい》なことを種に強請《ゆすり》をかけたという。要求するのが小額だったので、浜屋では何度か金を渡したが度重なる要求に不安になり、主人が極楽屋に相談に来た。

島蔵は口入れ屋として借金の取り立てや用心棒のような仕事も斡旋《あっせん》していたので、若いが度胸のある利之助を浜屋にさしむけたという。

「繁松と強談判《こわだんぱん》になったらしいんだが、よせばいいのに、利之助のやつ、これ以上、浜屋に手を出すと地獄屋の者が黙っちゃァいねえ、と啖呵《たんか》をきったようなんて。……それで、繁松はひっこんだが、これを聞いた楢熊が、顔をつぶされたと思ったようでして」

「そうか……」

「ところが、こっちも、極楽屋の店の中で利之助の首を斬られ、脅しをかけられたんじゃァ顔はつぶれちまうし、何より、宿に寝泊まりしている者たちが黙っちゃァいねえ。……すぐにも、楢熊のところへ殴り込みをかけるといきり立ってる始末なんで」

「そうだろうな」

目の前で首を刎ねられたとなると、仲間たちが憤慨し敵を討ちたいと思うのも当然であろう。だが、楢熊と地獄屋に出入りしている者たちとの全面的な対立になると、ひとりやふたり斬ったとて、収拾はつかないだろうと思われた。

「それで、わしらはだれを斬ればいい」

平兵衛が訊いた。

「おふたりで、三人の牢人を……」

島蔵が平兵衛と右京に目をやりながら低い声で言った。

島蔵によると、いままで楢熊と対立するようなことはなかったという。楢熊は博奕打ちの元締として浅草と両国に三つの賭場《とば》を持っているが、その賭場の運営に支障をきたすようなことさえしなければ、島蔵の裏稼業にも口をはさまなかったというのだ。

「おたがい、うまくやっていたんでさァ。……今度のことがあって、いそいで宿の者に調べさせたんですがね。どうやら、半年ほど前に室戸三兄弟が楢熊一家へ用心棒として入りこんでから、一家の様子が変わったようなんで。ちかごろは楢熊が室戸兄弟たちの言いなりになってるようでして。おそらく、今度のことも室戸兄弟が言い出したことだと睨んでるんですがね」

「そうか」

「室戸三兄弟の首を、楢熊のところへ届けてやりてえ。それが、おれの地獄屋のあるじとしての挨拶なんで」

そうすれば、楢熊の肝《きも》は縮み上がって、前のようにおとなしくなるはずだし、仲間たちも納得するはずだ、と島蔵は言い足した。

「話は分かったが、わしに斬れようか……」

平兵衛には自信がなかった。相手は三人である。しかも、兄弟として行動を共にしていることが多いらしく、ひとりひとり別々に斬るのは難しそうなのだ。

「人斬り平兵衛と怖れられた旦那だが、三人いっしょとなると、かんたんに始末はできねえと思い、片桐さまにも話をもちこんだんで」

「うむ……」

「始末料は百両、おふたりで五十両ずつ。……やってくだせえ」

島蔵の顔がこわばっていた。牛のような大きな目で、平兵衛を睨むように見つめている。

島蔵は切羽《せっぱ》詰まっているようだ。自腹を切って百両もの大金を出すことからしても、三兄弟を斬りたいという島蔵の強い思いが知れる。

「やってみよう……」

平兵衛はつぶやくような声で言った。

4

平兵衛は砥石《といし》の前に腰を下ろし、錆の浮いた刀身を当てて下地研《したじと》ぎにかかったが、すぐに手をとめてしまった。

……やはり、研げぬ。

と、思った。

両手が小刻みに震えていてとまらないのだ。殺しを請《う》け負《お》った後はいつもそうだった。気の昂《たか》ぶりと真剣で斬り合うことへの怯《おび》えで、指先が震えてとまらなくなるのだ。仕事にならぬ、と思い刀身を脇に置いたとき、戸口の方でせわしそうな足音がした。

「父上」

と、声が聞こえて、屛風《びょうぶ》の上にまゆみが顔を出した。

平兵衛の住む長屋は八畳一間だけだが、一角を屛風でかこって仕事場にしていた。

「お侍さまが、おみえです」

上気したように頰を染めて、まゆみが言った。

女房のおよしは、ひとり娘のまゆみを武家の娘として育てたかったらしい。貧しい牢人暮らしのなかで、まゆみの言葉遣いも行儀作法も武家の娘らしく躾られた。そのおよしは死に、長屋暮らしになったが、いまでもまゆみは武家らしい言葉を遣う。

片桐右京だった。右京は屈託のない顔で、

「刀の研ぎを頼みにまいった」

と言って、腰の大刀を鞘ごと抜いた。

「さようで……。外で、お話をうかがわせていただきましょうか。しばらく、座ったまま研いでおりましたもので肩が凝りましてな」

そう言うと、平兵衛はまゆみに半刻《はんとき》（一時間）ほど家をあけるといい置いて、右京を連れて長屋を出た。殺しにかかわるような話は、まゆみに聞かせたくなかったのだ。

長屋を出ると、すぐに竪川の岸辺に出た。ふたりは川沿いの道を、大川の方へ向かって歩いた。

「室戸兄弟のことが知れました」

と、右京が言った。

出自は分からぬが、長兄の室戸勘兵衛は神田山本町《やまもとちょう》にある一刀流の道場主だという。

「それが、ごろんぼう（無頼漢）道場で、ならず者がたむろして酒を飲んだり博奕を打ったりで、近所の者は怖がって近付かなかったそうです。……楢熊の手下が道場内に出入りしていたかかわりで、用心棒におさまったようですよ」

「腕は」

「なかなかのようです。三兄弟がそろうと、玄武館《げんぶかん》や練兵館《れんぺいかん》の手練《てだれ》でも、かなわないだろうとの評判です」

この頃（天保《てんぽう》六年、一八三五）、江戸の町には北辰一刀流《ほくしんいっとうりゅう》、千葉周作《ちばしゅうさく》の玄武館、神道無念流、斎藤弥九郎《さいとうやくろう》の練兵館、鏡新明智《きょうしんめいち》流、桃井《ももい》春蔵《しゅんぞう》の士学館《しがくかん》などが多くの門弟を集め、江戸三大道場と称されて隆盛をほこっていた。

「そうですか」

平兵衛は、真剣で斬り合ったときの腕は、道場でのそれとはちがうことを知っていた。室戸三兄弟の真剣での腕を確かめたうえでなければ、仕掛けられないと思った。

「ところで、片桐さんは人を斬ったことがありますかな」

平兵衛は、竪川の川面をすべるように進む猪牙舟《ちょきぶね》に目をやりながら訊いた。

右京が幼いころから士学館に通い、鏡新明智流の遣い手であることは、島蔵から聞いて知っていた。

「ひとり……」

なぜか、急に右京の顔が曇った。

顔を伏せたまま小声で、酒に酔い些細《ささい》なことで逆上し、斬りかかってきた男を斬った、と右京は付け足した。

「元締とは、どういうつながりなんです」

「極楽屋の名が気に入って、何度か酒を飲みにいったことがあるのです。そのおり、酔った男が喧嘩になったのを仲裁したのが縁で、話すようになりました」

「なるほど……。それで、片桐さん、なぜ、殺しを」

冷飯食いとはいえ御家人で、しかも剣の腕もある若者が、汚い殺しなどに手を染めるべきではない、と平兵衛は思ったのだ。

「お金が欲しいのです」

右京はすこしも悪びれず、明るい声で言った。

家禄は四十五石、兄が嫁をもらい、家を出ねばならぬが、長屋に住む金もない有様だという。

「追剥《おいは》ぎや辻斬りよりましでしょう。それに、幼いころから身につけた剣が生かせるのですから。……弱きを助ける闇の用心棒ですよ」

そう言うと、右京は立ちどまり、平兵衛を振り返って破顔した。

「白刃の下は地獄ですよ」

平兵衛は視線を落とし、つぶやくような声で言った。

「ええ、承知しています。わたしのような者は地獄で生きることが、宿命ですから」

「………」

金のためだけで殺しを引き受けたわけではないようだ、と平兵衛は思ったが、それ以上訊かなかった。

5

朽《く》ちかけた山門の脇に、脛《すね》を露《あらわ》にした男がふたりかがみこんでいた。浅草阿部《あべ》川町《かわちょう》にある東光寺《とうこうじ》という無住の荒れ寺である。

弦月が出ていた。青白い月光に山門の奥にある本堂が浮かび上がり、板戸の隙《すき》間《ま》からちらちらと灯《ひ》が洩れているのが見えた。

「安田さん、あれが楢熊の賭場です」

太い杉の幹の陰に身を隠したまま、右京が言った。おたがいに気心が知れたせいか、右京は平兵衛のことを、さん付けで呼ぶようになっていた。

「見張りがいたのでは、覗いて見るわけにもいきませんな」

山門の脇にいるふたりは、楢熊の手下の見張りであろう。

「なに、楢熊と室戸兄弟はじきに出てきますよ。すこし、待ちましょう」

そう言うと、右京は樹陰に手頃な石を見つけて腰を落とした。

ふたりは、島蔵の手下の仙助《せんすけ》から、楢熊と室戸兄弟が、東光寺の賭場に向かったようだ、という報《し》らせを受けて足を運んできていた。

ともかく、この目で室戸兄弟を見てみよう、と平兵衛は思い、島蔵に楢熊や室戸兄弟の動向を探るよう頼んでおいたのだ。

それから、半刻ほどして、山門の奥に提灯《ちょうちん》の灯が見え、男たちの声が聞こえてきた。見ると、山門の脇にかがみこんでいたふたりが立ち上がり、提灯を提《さ》げて出てきた男たちを見送っている。

出てきた男は五人。提灯を持った遊び人ふうの男と商家の旦那ふうの男、その後ろに武士が三人いた。旦那ふうの男が楢熊らしい。

「楢熊と室戸兄弟ですよ」

右京は立ち上がって、杉の幹に身を寄せた。

見張りの手下に楢熊が何か卑猥《ひわい》な冗談を言ったらしく、はじけるような下卑《げび》た嗤い声がおこったが、立ちどまりもせず、五人は下駄や雪駄《せった》の音をさせながら石段を降りてきた。

平兵衛は樹陰に身を隠したまま、前の参道を通り過ぎる室戸兄弟を目で追っていた。いずれも、着崩れした小袖に袴姿、大刀を一本落とし差しにして気怠《けだる》そうに歩いて行く。

……分からぬな。

平兵衛は、その三人の姿から、どれほどの腕なのか読み取れなかった。荒《すさ》んだ暮らしをつづけたせいであろうか、歩行の姿に覇気がなく、足腰にも鍛えあげた頑強さは感じられなかった。ただ、殺戮《さつりく》のなかで生きてきたらしく、獰《どう》猛《もう》な獣《けもの》のような殺気が身辺にただよっていた。

「尾《つ》けましょう」

楢熊たちが半町（約五十四メートル）ほど遠ざかったところで、右京が言った。

平兵衛と右京は樹陰から出て、楢熊たちを尾けはじめた。一行は小さな寺社のつづく小径《こみち》を抜け、東本願寺《ひがしほんがんじ》の脇に出ると掘割沿いの道を元鳥越町《もととりごえちょう》の方へ向かった。

すでに、町木戸の閉まる四ツ（午後十時）ちかかった。通りに人影はなく、五人の足音だけが響く。

「安田さん、楢熊の住居《すまい》へ帰るようですよ」

右京が小声で言った。

そうだろう、と平兵衛も思った。元鳥越町で、女房にやらせている菊乃屋《きくのや》という料理屋が楢熊の住居だと、仙助から聞いていたのだ。

思ったとおり、掛行灯《かけあんどん》の点《とも》った料理屋の玄関先で五人は立ちどまり、何やらボソボソと話していたが、楢熊と提灯を持っていた男だけが店のなかに入った。室戸三兄弟は、そのまま玄関先を通り神田川方面へ向かって歩いて行く。

「尾けましょう」

また、右京が言った。

三人は、浅草御蔵の前に出て、鳥越橋を渡った。突き当たりが神田川で、しばらく歩くと正面に浅草御門が見えた。そこは茅町《かやちょう》である。通りの左右は大店《おおだな》が軒《のき》を並べていたが、どの店も大戸を閉め、ときおり酔客や急ぎ足で通り過ぎる町人を見るだけで辺りはひっそりと寝静まっていた。

「柳橋の方へまがりましたよ」

右京の言うとおり、前を行く三人は浅草御門の前で右手の露地へ入っていった。

「……仙助が言ってましたよ、室戸兄弟は柳橋の福田屋《ふくだや》という料理屋を馴染みにしていて、ときおり出かけることがあると。きっと、そこですよ」

そう言いながら、右京は小走りになって後を追った。

ふたりが露地のところまで来ると、両側の家並の陰で人影は見えなかったが、足音は間近に聞こえた。ふたりは足音を忍ばせて尾けた。

前方が明るくなり、狭い露地の先に華やかな灯につつまれた料理屋や船宿などが見えた。その背後に、大川の川面が月光を映して皓《しろ》く光っている。

大川の手前で露地がとぎれ、雑草の茂った空地があった。川風があるのか、雑草の揺れる音が聞こえた。

「この機を逃す手はありません。仕掛けましょう」

振り返って、右京が言った。

「ま、待て、相手の腕のほどをつかんでからだ」

慌てて、平兵衛はとめた。

「なに、酒と女に溺《おぼ》れ、稽古などやってないやつらです。安田さん、危なくなったら助勢に来てください」

そう言い置くと、右京は抜刀して駆け出した。

6

右京の足音で、三人が立ちどまって振り返った。間合《まあい》は十間ほど。八相《はっそう》に構えた右京の刀身が白光を曳き、ザザザ、と丈《たけ》の低い雑草を分ける音がした。

迅《はや》い！　疾風《はやて》のような寄り身である。しかも、腰の据わった見事な構えが、走りながらもくずれていない。この男、できる、と右京の後ろ姿を見ながら平兵衛は思った。

「刺客《しかく》だ！」

長兄の勘兵衛が叫ぶのと同時に、源次、三之助のふたりが左右に跳んだ。

かまわず、右京は真っ直ぐ勘兵衛の正面に突き進み、八相から袈裟《けさ》に斬り落とした。

キーン、と刀身を打ち合う音がひびき、夜陰に青火が散った。同時に、右京と勘兵衛がはじき合うように前後に跳んだ。

およそ三間の間合をとって、右京と勘兵衛が対峙《たいじ》し、すばやく源次と三之助が右京の左右にまわりこむ。

勘兵衛は上段、源次と三之助が低い平青眼《ひらせいがん》である。対する右京は八相に構えていた。全身に気勢の満ちた大樹のような構えである。正面に対峙した勘兵衛が、右京の構えから発する威圧に押されていた。

だが、勘兵衛は背後に引かず、遠間の上段からそのまま斬り込む気配を見せた。同時に、ツ、ツ、と源次と三之助が、一尺ほど間合をつめた。ふたりの切っ先は、ピタリと右京の脇腹につけられている。まるで、三者が三方から糸で引き合うように動きと呼吸が合っていた。

鋭い殺気が三方から放射された。両脇腹につけられた源次と三之助の切っ先が、月光を反射して鋭牙《えいが》のように光った。

……これは、三者一体の剣だ！

と、平兵衛は察知した。

獲物を取り囲んだ、三匹の狼である。正面の勘兵衛が敵の動きを牽制し、左右のふたりが同時に腹を突く。斬殺のための包囲陣である。

「片桐！　逃げろ！」

叫びざま、平兵衛は抜刀して駆け出した。

一瞬、平兵衛の出現に三方からの囲いがくずれた。だが、右京の構えがみだれた隙をついて、勘兵衛が鋭い気合とともに、右京の正面から斬りこんだ。その刀身を受けようと、右京が八相から頭上へ刀身をまわした刹那《せつな》、源次と三之助が脇腹を狙って突いた。

三者の一瞬の仕掛けだった。

だが、平兵衛の出現で三人の包囲がくずれていたにちがいない。右にいた源次の切っ先は空を突き、三之助のそれが右京の左の脇腹を浅く抉《えぐ》った。

平兵衛は逆八相に構えたまま、三之助の背後に急迫し、肩口へ袈裟に斬り落とした。平兵衛の必殺剣「虎の爪」である。この虎の爪は、激しい寄り身から敵の動きに応じて揮《ふる》う後《ご》の先《せん》の太刀なのだが、平兵衛は走り寄りざま遣った。そのため、間積《もづ》もりをあやまり、切っ先が三之助の肩口を浅く裂いただけだった。

だが、効果はあった。大きく背後に跳んだ三之助は驚怖に目を剝《む》き、逆上したように体を震わせながら後じさりしたのである。

「逃げろ！」

平兵衛は片膝をつき、脇腹を押さえていた右京の腋へ左腕をまわし、抱き上げるようにして駆け出した。

「に、逃がすな！」

すぐに勘兵衛と源次が、すこし遅れて三之助が追ってきた。

狭い空地を抜けると、すぐ前が大川縁《べり》の道だった。川岸に料理屋や船宿が並び、雪洞《ぼんぼり》や行灯の灯が通りを照らし、女の嬌声《きょうせい》や酔客の哄笑、唄声、三味線《しゃみせん》の音などが賑やかに聞こえてきた。人通りもあった。

勘兵衛たちは背後に迫ってきたが、さすがに人目のなかで斬り合うわけにはいかず、納刀して後を尾けてくる。獲物を追いつめる野獣のような殺気を放っていた。人通りの途絶えた場所で、斬りつけてくるつもりのようだ。

平兵衛はつる源《げん》という船宿に、右京を抱きかかえたまま飛び込んだ。何度か、この船宿を利用したことがあり、すぐ裏が大川の岸で桟橋《さんばし》があることを知っていた。

血相を変えて飛び込んできた平兵衛と右京を見て、上がり框《がまち》にいた女中が悲鳴をあげた。平兵衛はまだ片手に抜き身をさげていたし、右京の腹部はどす黒い血に染まっていた。

「追われている！　舟を借りるぞ」

平兵衛は納刀し、いそいで懐から巾着《きんちゃく》を取り出し放り投げた。二、三両は入っているはずである。

女中が息を呑んでつっ立っている前を通り、平兵衛は右京を抱えたまま裏口から桟橋へ出た。舫《もや》ってある猪牙舟の舟底に右京を座らせると、平兵衛は舫い綱をはずして舳先《へさき》を大川の対岸に向けて漕ぎだした。

7

さすがに、ここまで追ってはこなかった。右京は無謀な仕掛けを詫び、傷は浅い、と言った。声もしっかりしている。だが、平兵衛は出血が気になっていた。多くの斬殺の経験から、浅手《あさで》でも多量の出血で死ぬことを知っていたのだ。

平兵衛は右京を極楽屋に運ぶつもりだった。大川から仙台堀へ漕ぎ入れれば、要橋までこのままいける。

やがて、舟は要橋ちかくの桟橋に着き、平兵衛は右京を抱えて極楽屋へ駆けこんだ。

奥の座敷へ運びこまれた右京を、島蔵が手当てした。島蔵はこうした怪我人の扱いに慣れている。顔色ひとつ変えず、手早く処置した。

ざっくりと左脇腹が裂けていた。幸い臓腑《ぞうふ》にまでは達していなかったが、肉がひらき傷口から噴き出すように出血していた。

島蔵は手早く傷口を酒で洗うと、平兵衛と店に居合わせた仙助に右京の体を押さえさせ、糸と針で皮をつなぎ合わせるように縫った。そして、金瘡膏《きんそうこう》をたっぷり塗った布を傷口に押し当て、晒《さらし》で幾重《いくえ》にもまいた。

手当てが済むと、右京は横になり、蒼ざめた顔のまま天井に目を開いていたが、やがて眠った。

「あれで、血が止まるかどうか。今夜がやまですな」

平兵衛の耳元で、島蔵が小声で言った。

「…………」

平兵衛にも分かっていた。出血が止まり明日までもてば、助かるはずである。

右京は、ときおり身を捩《よじ》るように動かしながら、寝息とも呻《うめ》きともつかぬ苦しげな声を出した。額《ひたい》に脂汗《あぶらあせ》が浮き、顔が苦しげに歪《ゆが》んだ。うなされているらしい。

ハンザ、とか、ユキ、という言葉が呻き声のなかに聞き取れた。

しばらく、平兵衛と島蔵は枕元に座していたが、右京の眠りが深くなったのを見とどけて、店の飯台の方へ移った。

「……ハンザは滝沢半左衛門《たきざわはんざえもん》のことで、ユキは雪江《ゆきえ》という片桐さまの許嫁《いいなずけ》だった娘ですよ」

殺しの話をする前に、念のため片桐さまの身辺を調べましてね、そう前置きして、島蔵が話しだした。

右京には、一年ほど前まで雪江という相愛の許嫁がいたという。雪江は八十石の御家人の娘で、兄が同じ士学館の門弟だったことから知り合い、親も認めた仲であった。

ところが、やはり士学館の門弟だった滝沢が雪江に横恋慕《よこれんぼ》し、右京の名を使って雪江を呼び出し、強引に体を奪ってしまった。

さらに、滝沢は右京にばらすと脅し執拗《しつよう》に情交を迫ったため、雪江は悲観し滝沢を恨みながら大川に身を投げてしまった。

「酒に酔った滝沢が片桐さまにからみ、逆上して雪江さんとのことを喋《しゃべ》ったらしいんで。……その夜のうちに片桐さまは滝沢を斬り、そのまま家を出ちまったらしい」

「…………」

右京が、酒に酔い逆上して斬りかかってきた男を斬った、と話していたのは滝沢のことのようだ。

わたしのような者は、地獄で生きることが宿命だ、と言っていた右京の胸の内も理解できるような気がした。雪江と滝沢のことが、右京の心に重くのしかかっているにちがいない。

……あの無謀な仕掛けも、そのためか。

平兵衛は、右京が死地に飛び込んでいくように斬りこんでいったのも、己《おのれ》の命などどうなってもいい、という捨て鉢《ばち》な気持ちがあったからであろうと推測した。

島蔵とふたりで冷や酒を飲んでいるうちに、障子が仄《ほの》かに明らんできた。払暁《ふつぎょう》らしい。平兵衛は立ち上がり、右京の寝ている奥の座敷へ行ってみた。

右京は、まだ眠っていた。寝息はかすかで、死んだように身動《みじろ》ぎしなかったが、血の気のなかった唇に赤みがさしていた。頰や首筋にも、生気がもどっている。

……助かったようだ。

平兵衛は安堵した。

「どうやら、やまは越したようで」

島蔵の顔にも、ほっとした表情があった。

「若いから、快復《かいふく》は早かろう」

「旦那、どうします。孫八にでも助太刀を頼みますかい」

小声で、島蔵が訊いた。

孫八は町人だが、匕首を巧みに遣い、島蔵のもとで殺しに手を染めている男である。室戸兄弟の殺しに、右京は使えないと判断したようだ。

「いや、この男とふたりでやる」

平兵衛は、右京に殺しの地獄を見せてやろうと思った。己の目で地獄を見たうえで、地獄から逃げ出すか、地獄で生きるか、右京自身で決めればいい。

8

木の香をふくんだ風が、雑草を揺らしていた。辺りを暮色がつつみ、掘割の岸辺に寄せる波音と風の音が聞こえてくるだけである。

平兵衛と右京は、極楽屋に近い掘割沿いにある空地に立っていた。この辺りは木場《きば》に近いせいか、掘割には丸太が浮き、水面を渡ってくる風には木の香がある。

右京が傷を負って、一月《ひとつき》ほど経《た》つ。傷口はふさがり、はげしい動きをしても痛みを感じないほどに快復していた。

「ここを、柳橋の空地と思ってくれ」

平兵衛は右京が襲った場所で、室戸兄弟に仕掛けるつもりでいた。似たような雑草地で、人目のないこの場所を選び、平兵衛の方から右京に声をかけてここへ来ていたのだ。

「一気に、走り寄って勝負を決めるしかあるまいな」

室戸三兄弟に囲まれたら勝機はない、と平兵衛は読んでいた。ひとりひとりの腕はそれほどとは思えなかったが、三者が一体となって必殺の包囲陣をつくり、ちょうど狼が追いつめた獲物を仕留めるように必殺の剣を揮う。

「あやつらが遣うのは、群狼の剣といってもいいかもしれぬ。まともに、やりあったら狼の餌食《えじき》になるだけだな」

「ふたりで、立ち向かっても」

右京が訊いた。

「同じことだろう。……それにな、わしはこの歳じゃ。長引けば、息があがる」

平兵衛は、ふたりに対しても同様に三方から囲み、左右に位置した者がひとりの腹を突いてくるだろうと読んでいた。ひとり斃《たお》されれば、後はかれらの思うとおりに仕留められる。

「分かりました。おおせのとおり、一気に勝負をつけましょう」

平兵衛に助けられ、手当てまでしてもらったという引け目があるのか、右京の平兵衛に対する態度は真摯《しんし》である。

「おそらく、勘兵衛を真ん中に置き、源次と三之助が左右に走るはずだ。勘兵衛にはかまわず、おぬしは右手へ、わしは左手へ走る。一気に間をつめ、走りざま初太刀を浴びせる」

右京は八相、平兵衛は逆八相だった。したがって、右京が右手へ、平兵衛が左手へ走った方が初太刀が揮いやすい。

「……だが、初太刀はかわされよう。勝負は二の太刀、三の太刀だ。間を置かず、連続して斬りこむ。勘兵衛が駆け寄るまでに、仕留めねばこっちがやられる」

「は、はい……」

「では、いくぞ」

ふたりは同時に抜刀し、八相と逆八相に構えたまま駆け出した。

獣が叢《くさむら》を分けるような音がし、刃唸《はうな》りとともに両者の甲声《かんごえ》がひびく。平兵衛は逆八相から肩口へ斬りこみ、敵が背後に身を引くのを追って、二の太刀を撥《は》ね上げるように斬りあげた。虎の爪である。一方、右京は八相から袈裟に、さらに刀身を弾いて面や胴に二の太刀、三の太刀を揮う。

小半刻（三十分）もくりかえすと、平兵衛の息があがり、手足が震えてきた。

「と、歳だ。……体がいうことをきかぬ」

平兵衛は荒い息を吐きながら、その場にかがみこんでしまった。

さすがに、右京は若く、最近まで士学館で鍛えていただけあって、わずかにその白皙《はくせき》に朱がさしているだけである。

「されば、わたしだけでも……」

右京は平兵衛の休んでいる間はひとりでつづけた。

平兵衛も、息がととのってくると、また立ち上がり、ふたり同時に仮想の敵にむかって剣を揮った。

ふたりが極楽屋のちかくの空地に通うようになって、半月ほど経ったとき、仙助が顔を見せ、

「旦那、室戸兄弟が柳橋の福田屋へ入りましたぜ」

と、こわばった顔で伝えた。

三日前、極楽屋にいた仙助に頼んで、福田屋を見張り、店に室戸兄弟が来たら報らせてくれと頼んであったのだ。

「すぐ、行くが、仙助、その前に頼みがある」

平兵衛は島蔵に頼んで貧乏徳利《どっくり》で酒を持ってくるよう耳打ちした。

貧乏徳利を手にした平兵衛は、右京とともに要橋ちかくの桟橋から猪牙舟に乗った。このまま柳橋の桟橋に乗り付け、空地で三兄弟を待つつもりだった。

9

平兵衛は福田屋の帰りを襲うつもりでいた。その計画をたてた後、島蔵の手下が室戸兄弟を尾行し、福田屋へは二刻（四時間）ちかくはいることが多い、との報らせを受けていた。まだ、一刻以上の余裕があるはずだ。

「じゅうぶん間は、あるはずだ」

船梁《ふなはり》に腰を下ろした右京が、川風を顔に受けながら訊いた。

「間に合うでしょうか」

「体が震えぬか」

櫓《ろ》を漕ぎながら、平兵衛が訊いた。

「いえ、そのようなことは……」

右京は平兵衛の方へ顔を上げた。

「わしは、このとおりだ。……見ろ」

櫓から手を離し、平兵衛は両手をひらいて右京に見せた。月光に照らされた手が小刻みに震えている。

「殺しにかかるときは、いつもそうだ。……気は昂ぶり、心は怯えている」

「…………」

右京は何も言わなかった。その白皙に、かすかに驚きの表情が浮いただけである。

ふたりは舟を下りると、以前右京は室戸兄弟を襲撃した空地に歩を運んだ。藪《やぶ》蚊《か》をさけて川風のあたる柳の樹陰に立つと、ふたりは袴の股立《ももだ》ちを取り、刀の下《さ》げ緒《お》で両袖を絞った。

「安田さん、だいじょうぶですか」

右京が不安そうな顔で、声をかけた。傍目《はため》にも異常と思われるほど、平兵衛の体が震えていたのだ。腕だけでなく体全体が震え、顔もひき攣《つ》ったようにこわばっている。

「地獄を見る前は、いつもこうだ。……だが、わしにはこれがある」

そう言うと、平兵衛は提《さ》げてきた貧乏徳利の栓を抜き、喉を鳴らして飲み始めた。

　五合ほど飲むと、こわばっていた顔に赤みがさし、体の震えがとまった。乾いていた大地がたっぷりと水を吸い、潤いと生気を取り戻すように平兵衛の体に活力がよみがえり闘気が満ちてきた。

　……斬れる！

　と、平兵衛は思った。両手の震えもとまっている。さっきまで、胸をしめつけていた怯えも焦りも霧散し、体中の血が野獣のように滾《たぎ》っている。

　平兵衛は残りの酒を口にふくみ、プッと音をたてて愛刀、来国光の柄に吹きかけた。

「安田さん、来たようですよ」

　右京が声を殺して言った。

　大川の方で複数の足音がし、男の濁声が聞こえてきた。月光に浮かび上がった人影は三つ、まちがいなく室戸三兄弟のようだ。

「行くぞ」

　平兵衛が低い声で言った。ふたりはうなずき合い抜刀すると、叢を駆けだした。

「だれだ！」

「地獄屋のやつらだ！」

接近するふたりに気付き、源次と勘兵衛が怒鳴った。

源次、三之助、まわりこめ！　という勘兵衛の声に、抜刀しながら源次が左手へ、三之助が右手へ走る。

平兵衛は左手の源次へ、右京は右手の三之助へ。

複数の獣が叢を分けて疾走するような音が起こり、平兵衛と右京の発する甲声が夜陰を裂いた。二本の刀身が左右に分かれ、銀蛇《ぎんだ》のような薄光を曳いて黒い人影へ迫る。

キーン、という金属音がひびき、青火が散り、鋭い気合とともに人影が激しく躍動した。

平兵衛は一気に間合に踏み込むと、逆八相から源次の肩口へ斬り落とした。

激しい平兵衛の寄り身と気魄《きはく》に圧倒された源次は、上体を背後に倒しながらこの切っ先をかわした。

が、平兵衛はさらに前に踏み込みながら峰で相手の刀身を脇へ撥ね、体が泳ぐところを肩口へ袈裟に斬り落とした。源次の肩口から脇腹にかけて、パックリと傷口がひらき、小桶の水をぶちまけたように血が噴出した。

一気の寄り身で間境《まざかい》を越え、敵の反応に応じて二の太刀で仕留める、これが虎の爪の神髄である。

源次は血を驟雨《しゅうう》のように撒きながら、絶叫をあげて倒れた。

血飛沫《ちしぶき》を浴び、顔を真っ赤に染めながら平兵衛は、右京と三之助の方に目をやった。右京は甲高《かんだか》い気合を発しざま、叢を這《は》うようにして逃れる三之助の背中に夢中で斬りつけていた。三之助の喉の裂けるような悲鳴と、骨肉を断つ鈍い音がひびいた。

「お、おのれ！」

憤怒に目を剝いた勘兵衛が刀を振り上げ、平兵衛の眼前に迫っていた。

イヤアッ！

平兵衛は鋭い気合を発しながら、逆八相に構え右肩で相手の胸に突き当たるように身を寄せ、渾身《こんしん》の一刀を斬り落とした。

こうした咄嗟《とっさ》の斬り合いは、勢いと捨て身の気魄が勝負を決する。

わずかに、平兵衛の気魄が勝っていた。勘兵衛の斬りこんだ切っ先は、平兵衛の着物の肩口を裂いて流れ、平兵衛のそれは肩口を深く斬った。

たたらを踏むように脇へ逃れる勘兵衛を追って、平兵衛は大きく胴を払った。

刀身が胴を抉り、腹を割った。

勘兵衛は腹から臓腑を溢れさせ、地面に両膝をつくと、獣の咆哮《ほうこう》のような唸り声をあげた。平兵衛はその背後に歩を寄せ、横一文字に刀身を薙《な》ぎ払った。勘兵衛の首が虚空《こくう》に飛び、首根から赤い帯のように血が噴き上がった。

平兵衛は、地に伏した源次の首を落とし、叢に転がった勘兵衛の首を拾うと、両脇に抱えて右京の方に歩み寄った。

右京は右手に刀をつかんだまま、その場に呆然《ぼうぜん》とつっ立っていた。両眼がひき攣り、返り血を浴びた顔はどす黒く染まっている。

「どうした、片桐、三之助の首をとれ」

三人の首を島蔵に渡すことが、殺しの報酬の条件でもあった。

「…………！」

平兵衛の姿を見て、右京の背筋がビクンと伸びた。そして、全身が瘧慄《おこりぶるい》のように震えだした。右京は何か言おうとしたが、顎が震えて声にならない。

「これが殺しだ。地獄の鬼なんだよ、わしらは……」

そう言うと、平兵衛は地に伏した三之助の方へゆっくりと歩み寄った。

血まみれになり両腕に生首を抱えた平兵衛の姿は、まさに刹鬼《せっき》そのものだった。

鬼首百両

1

淡い月が出ていた。

薄雲が紗幕《しやまく》のように十六夜《いざよい》の月をつつみ、生暖かい風が吹いている。大川には軒下《のきした》に提灯《ちようちん》をつけた屋形船、箱船などの涼み船が盛んに行き来し、川面《かわも》を華やかな灯《ひ》で染めていた。汀に寄せる波音にまじって三味線《しやみせん》の音や女の唄声、男の哄笑《こうしよう》などが、さんざめくように聞こえてくる。

安田平兵衛は、大川端の道をとぼとぼと歩いていた。紺《こん》の筒袖《つつそで》にかるさん、無腰である。足元にぼんやりと猫のような影が落ちていた。平兵衛の小柄で少し背を丸めて歩く姿は、いかにも頼りなげな老爺《ろうや》に見えた。

本所石原町、御竹蔵のちかくまできたとき、平兵衛は背後にかすかな足音を聞いた。

……わしを、尾《つ》けているのか。

ひたひたと背後を尾いてくる足音には、獲物を追う獣《けもの》のような気配があった。

平兵衛は歩きながら首をひねって、後ろに目をやった。男がひとり歩いて来る。町人体《てい》である。尻《しり》っ端《ぱしよ》折りした着物から、脛《すね》が夜陰のなかに白く浮き上がったように見えた。弁慶格子《べんけいごうし》の着物の襟元《えりもと》をひろげ、懐手《ふところで》をして歩いてくる。遊び人か地回りか、いずれにしろまっとうな仕事をしている男ではないだろう。

……年寄りと見て、襲うつもりか。

平兵衛は、人通りのある道へ出ようと足を速めた。

この夜、平兵衛は寸鉄も帯びていなかった。刀の研《と》ぎ師《し》である平兵衛は依頼された刀を研ぎ、本所北本町《きたもとちょう》の御家人の家へ届けた帰りだった。相手が素手《すで》なら何とかなると思ったが、ふところに匕首《あいくち》でも呑んでいると面倒であった。

平兵衛の足に合わせて、背後の男も足を速めたようである。だが、同じ間隔を保ったまま、間をつめようとはしなかった。

……勘違いだったかな。

両国橋の橋詰近くまで来ると、急に通りは賑やかになり、いつの間にか後ろに尾いてきた男の姿が消えていた。

平兵衛の住まいは、本所相生町の庄助長屋である。ひとり娘のまゆみが夕餉《ゆうげ》の支度をしているらしく、土間に人影があった。あさり汁らしい。いい匂いが漂ってくる。

「父上、お帰りなさい」

土間の流しのそばに立っていたまゆみが、振り返った。

まゆみは十七歳になる。幼いころから武士の娘として育ててきたせいで、暮らしぶりは長屋の住人と変わらなかったが、言葉遣《づか》いは武家のものである。

十年ほど前、女房のおよしが死んでから、家事いっさいをこなし、平兵衛の身のまわりにも気を使ってくれていた。手ぬぐいを姐《ねえ》さんかぶりにし、黒襟の着物の袖《そで》を襷《たすき》で絞って台所に立っている姿などは、ハッとするほど若いころの女房に似ている。

夕餉は、火で炙《あぶ》った干鰯《ほしか》と漬物、それにあさり汁だった。食材は安価な物ばかりだが、なかなかうまい。味付けまでも女房に似てきたようである。

ふたりだけの夕餉を終え、まゆみが膳を持って立ち上がったとき、

「父上、今日、おかしな人が長屋に来ましたよ」

そう言って、不安そうな表情を見せた。

「おかしな人とは」

「名は知れませんが、弁慶格子の単衣《ひとえ》を着た人……」

まゆみは、膳を流しの方へ運びながら言った。

あいつだ！　と平兵衛は直感した。北本町からの帰りに尾けていた男である。

「そいつが、どうした」

平兵衛は動揺をおさえて訊《き》いた。

「父上のことを、いろいろ訊いてたようですよ」

まゆみは腕を伸ばして流しの棚に膳を置きながら、熊造さんや助八さんが心配して、あたしに話してくれたんです、と言いたした。

ふたりは同じ長屋の住人で、熊造は大工、助八は左官だった。ときどき女房が米や味噌を借りにきたり、余り物を持ってきたりする仲である。

平兵衛は、大川端で見た男の姿を思い浮かべ、やはり、わしの命を狙っていたようだ、と思った。

長年殺しに手を染めてきた平兵衛の勘といってもいい。物盗りや強請《ゆすり》などとはちがう。男には闇で生きてきた者のもつ陰湿さと酷薄《こくはく》さがあったような気がしたのである。

　平兵衛は、十数年前まで人斬り平兵衛と恐れられた闇の殺し屋だった。ひとり娘のまゆみが物心ついてきたのと、老齢で体が動かなくなってきたのを理由に殺しの世界から足を洗っていたのである。

　ところが、このところやむにやまれぬ事情から、また殺しに手を染めるようになっていた。そのため、恨みを持つ者や敵《かたき》を討とうとする者がいてもおかしくはなかった。

「ふたりは、何を心配してたんだ」

　平兵衛は笑みを浮かべながら訊いた。むろん、まゆみは平兵衛の裏稼業のことは知らない。

「お上《かみ》の手先じゃァないかって……。あのふたり、父上が何かお上に睨まれるようなことをしたのではないかと思ったらしいの」

　まゆみは、座敷にもどってきて、平兵衛のそばに座った。細い眉根《まゆね》を寄せて、心配そうな顔をしている。

「お上の手先だと」

　平兵衛は拍子抜けしたような顔をして笑った。

熊造と助八は、長屋に来た男を岡っ引きとでも思ったようだ。ふたりとも粗忽《そこつ》なくせにいらぬことに気をまわしておせっかいをやきたがる。

「この年寄りに、そんな悪事ができると思うかい。……なに、やくざ者が脇差でも研いでもらおうと、様子を訊きに来たのであろう。心配はいらぬ。熊造と助八にも言っておこう。お上の世話になるようなことはないから安心しろ、とな」

平兵衛は、勘ぐりすぎだ、と言って、大きく伸びをした。

平兵衛の物言いに安心したらしく、まゆみは顔をやわらげて腰を上げ、洗い物でもするつもりらしく流しに立った。

2

……今度は、牢人《ろうにん》か。

平兵衛は仙台堀にかかる上《かみ》ノ橋《はし》を渡ったとき、背後から歩いてくる牢人体の男に気付いたのだ。月は出ていたが、距離があったので人相までは識別できなかった。着崩れした小袖に袴、大刀を一本差し肩を振るようにして歩いてくる。

この夜、平兵衛は深川佐賀町にある船宿、清万で飲んだ。この店におせつという三十過ぎの女中がいて、十数年越しの馴染みだったのだ。殺しに手を染めた後や研ぎ代が入ったときなど、清万に出かけておせつを抱くことがあったのである。

念のため、平兵衛は愛刀の来国光を差してきていた。

道は大川端に沿ってつづいていた。四ツ（午後十時）ちかかったろうか、大川の川面には、まだ涼み船の灯がきらびやかに輝いていたが、通りに人影はなかった。

やがて、平兵衛は松平陸奥守《まつだいらむつのかみ》の下屋敷の脇を通り過ぎ清住町《きよすみちよう》にはいった。まだ、牢人は尾けて来る。通り沿いの表店《おもてだな》は雨戸を閉め、辺りはひっそりとしていた。

背後の牢人の足音が大きくなり間がつまってきた。

そのとき、平兵衛は前方の柳の樹陰から人影があらわれたのを見た。これも牢人体の男である。

……挟み撃ちか！

平兵衛は、逃げられぬ、と察知した。左手は大川、右手は町家の板塀《いたべい》がつづいていた。おそらく、ふたりは初めからこの場所を狙って仕掛けるつもりだったのであろう。

「わしに何か用か」

　平兵衛は大川を背にして立った。柄《つか》に手をかけ、わずかに腰を沈めて抜刀の体勢をとったまま訊いた。

　左右に立った男は無言だった。顔に覚えはなかった。ふたりとも月代《さかやき》が伸び、野犬のように底びかりする目をしていた。殺気だっている。物盗りや辻斬りではない。平兵衛と知って仕掛けているようだ。

「だれに頼まれた」

　ふたりとも無頼牢人である。何者かに、金で殺しを依頼されたにちがいない。

「問答無用！」

　左手の牢人が、胴間声《どうまごえ》を発して抜刀した。右手の牢人も抜く。

「やむをえぬ」

　平兵衛も抜いた。

　胸が昂《たか》ぶり、青眼に構えた切っ先が震えている。真剣勝負のときはいつもこうだった。高揚と恐怖とで、血が老体を駆け巡っているのだ。

　右手が上段、左手の男が下段に構えていた。両者の構えはくずれ、隙《すき》だらけだった。だが、修羅場をくぐってきた者のもつ捨て身の殺気があった。

　……喧嘩殺法だが、あなどれぬ。

平兵衛は、「虎の爪」を遣おうと思った。虎の爪は、平兵衛が実戦のなかで自得した必殺剣である。

平兵衛は刀身を逆八相《ぎゃくはっそう》にとり、左肩に担ぐように構えた。この構えのまま敵の正面に鋭く身を寄せる。一気に間《ま》をつめられた敵は、退《ひ》くか、面に斬り込んでくるしかない。退けばさらに間をつめ、面にくれば刀身を弾きざま袈裟《けさ》に斬り込む。敵の右肩に入った斬撃《ざんげき》は、鎖骨《さこつ》と肋骨《あばらぼね》を断って左脇腹へ抜ける。截断《さいだん》された斬り口に肋骨が白く露出し、それが猛獣の爪のように見えるところから、この剣を虎の爪という。

平兵衛は己《おのれ》の高揚をふっ切るように、ヤアッ！　と短い気合を発し、右手の男を正面にして疾《はし》った。身を寄せるというより、疾走といっていい。黒い影が夜走獣のように駆け、刀身が夜陰を裂くようにひかった。

右手にいた牢人は、平兵衛の迅《はや》さと気魄《きはく》に気圧《けお》された。

吠え声を上げて上段から斬り落としてきたが、腰が据わらず、刃筋もそれている。左肩口へきた牢人の切っ先を、平兵衛は払い落とし、刀身を返しざま牢人の右肩口へ斬り込んだ。

骨肉を截断する鈍い音がし、牢人の胸が袈裟に裂けた。男の上体が後ろに反《そ》り、胸のあたりから噴血が驟雨《しゅうう》のように散った。男は悲鳴も呻《うめ》き声も上げなかった。血を撒きながら、くずれるように倒れた。即死である。

すばやく反転した平兵衛は、左手からの斬撃にそなえるべく切っ先をむけた。

だが、左手にいた牢人は金縛《かなしば》りにあったように、その場につっ立っていた。切っ先が笑うように揺れている。牢人の顔は恐怖にひき攣《つ》っていた。平兵衛の凄まじい斬撃に度肝を抜かれたようである。

平衛が一歩身を寄せると、牢人は叫び声を上げて逃げ出した。

…それほどの腕では、なかったな。

平兵衛は荒い息を吐きながら逃げていく牢人を見送った。

それから、平兵衛は倒れた牢人のそばにかがみ込み、袖口で刀身の血を拭《ぬぐ》って立ち上がった。そのとき、ふと背後で人の気配がした。二十間《けん》ほど離れた路傍《ろぼう》に、男がふたり立ってこっちを見ていた。

……あいつだ！

後を尾けていた男である。脇にもうひとり、牢人ふうの男が立っていた。月光に浮かび上がった牢人ふうの男は、総髪で小袖を着流し、二刀を帯びていた。

……あやつ、わしと同じ殺し屋だ。

と、平兵衛は直感した。ふたりの男の身辺には、殺し屋の冷酷さと獣のような残忍さが漂っていた。平兵衛は背筋を冷たい物でなぜられたような気がした。ふたりの男は、平兵衛の戦いぶりを見ていたのである。

平兵衛は反転して、足早にその場から逃げ出した。いまやったら、殺《や》られる、と察知したのだ。

ふたりの男は追って来なかった。その場に立ったまま凝《じっ》としている。藪《やぶ》のなかから逃げていく獲物をみつめている餓《が》狼《ろう》のように不気味さがあった。

3

深川吉永町に極楽屋という一膳めし屋があった。あるじの島蔵が洒落《しゃれ》でつけた名である。この極楽屋を土地の者は地獄屋と呼んで恐れていた。

その極楽屋の前に、平兵衛の姿があった。平兵衛は尾行者がいないか左右に目をくばってから、店先の縄《なわ》暖《の》簾《れん》をくぐった。

「旦那、お久し振りで……」

平兵衛の姿を目にとめた島蔵が、すぐにそばに寄って来た。

土間の飯台《はんだい》で飲んでいた与吉《よきち》という博奕打《ばくちう》ちくずれと、二の腕に入墨《いれずみ》のある権《ごん》助《すけ》という無宿人《むしゆくにん》が酒を飲む手をとめて平兵衛の方に目をくれたが、首をすくめるようにして頭を下げ、また飲み始めた。

平兵衛はときおり店に顔を見せたので、与吉や権助とも顔馴染みだったのである。

「それで、何か……」

飯台のそばに置かれた空樽《あきだる》に腰を落とすと、島蔵がぎょろりとした目をむけた。

その牛のように大きな目と厚い唇が閻魔《えんま》を思わせることから、島蔵は地獄の閻魔とも呼ばれていた。そして、浅草、本所、深川界隈の闇の世界で、この世に生かしておけねえやつなら、地獄の閻魔に頼めとささやかれていた。

「妙なことになっておる」

平兵衛は、大川沿いで町人体の男に尾けられたことから、昨夜ふたりの牢人に襲われたことまでを話した。

「するってえと、そいつら、旦那を狙っているんで」

大きな目を剝《む》いて、島蔵は驚いたような顔をした。

「そうだ。それも、筋金入りの殺し屋だ」

平兵衛は、ふたりの牢人に襲わせたのは、己の腕を見るためであろうと気付いていた。

「そのふたりだがな。わしと同じことをやっておるのだ」

平兵衛も殺しにかかるときは、相手の素性《すじよう》を調べたうえで実際に腕を見て、これなら殺れると踏んでから襲う。殺しという仕事に慎重過ぎるということはないのである。ふたりの殺し屋は、平兵衛の慎重な手順をそっくり踏んでいるのだ。

「元締《もとじめ》、相手がだれか分かるか」

平兵衛はそれを訊くため足を運んで来たのである。

「いや、まるで……」

島蔵は厚い唇をへの字に結んで、首をひねった。

「だれか、金を出して殺しを頼んだ者がいるはずだがな」

平兵衛は、殺し屋にも依頼者にもまったく思い当たることがなかった。

島蔵はしばらく犬の唸《うな》るような声を出して、腕を組んでいたが、あるいは、と言って顔を上げた。

「旦那、裏で糸を引いてるのは、菊水《きくすい》かもしれませんぜ」

と、目をひからせて言った。

「菊水か……」

平兵衛も菊水のことは噂に聞いていた。

菊水仙右衛門《せんえもん》、下谷にある菊水という料理屋のあるじである。だが、島蔵の一膳めし屋と同様、料理屋のあるじは表の顔で、その正体は下谷、神田、本郷《ほんごう》界隈の闇世界を牛耳《ぎゅうじ》っている男であった。むろん、殺し屋の元締でもある。

「ちかごろ、菊水のやつ、あっしの縄張《しま》にも手を出してきた節《ふし》がありますんで」

島蔵によると、十日ほど前、浅草元鳥越町の飲み屋で、極楽屋に出入りしている若い者が匕首で喉を刺されて殺されたという。

「当初は喧嘩と聞きやしたが、素人《しろうと》にしちゃァ喉を一突きにした手際が良すぎるんで、うちの者を使って探らせてみたんでさァ。……それで分かったんですが、殺ったのは菊水のところへ出入りしてる者らしいんで」

「そいつの名は」

「そこまでは、まだ……」

島蔵はちょっと思案するように虚空《こくう》に視線をとめていたが、

「夜鴉《よがらす》のこともありますしね」

そう言って、上目遣《うわめ》いに平兵衛の顔を見た。

「臼木《うすき》か……」

十数年前、平兵衛は夜鴉と異名を持つ臼木宗一郎《そういちろう》という殺し屋を斬っていた。神道無念流の遣い手だったが、酒と女に身をくずし、菊水のところへ出入りするようになった男である。痩身《そうしん》で黒の小袖を着流し、夜更に路傍の樹陰などに立っていて、狙った相手を斬ることから夜鴉と呼ばれていた。

平兵衛は、この男を五十両で斬った。依頼人は賭場《とば》の貸元と聞いていたが、くわしい事情は知らなかった。

当時、臼木は菊水の手持ちの駒のなかではもっとも腕利きで、菊水が臼木を失ったことを残念がっていたという話は耳にしたことがあった。

「だが、ずいぶん昔の話だ」

平兵衛は、いまになって菊水が当時のことを根に持って仕掛けてきたとは思えなかった。

「仕返しということじゃァねえでしょうが……。旦那、あっしもすこし気になりやすんで、孫八に頼んで探ってもらいやすよ」

島蔵が言った。

孫八は殺しもやるが、平兵衛などと組んで相手の素性を調べたり隠れ家を探ったりする役割をになうこともあった。

4

平兵衛は水を張った研ぎ桶《おけ》の前に腰を落とし、すこし前かがみになって刀身を研いでいた。砥石《といし》に刀身を水平に当て体重をかけて押し出すと、水を垂らした砥石面に赤錆《あかさび》がうすく広がっていく。平兵衛は、「表ずり」と称する刀身の表面を平らにする研ぎをつづけていた。

半刻《はんとき》(一時間)ほどしたとき、戸口の方でひとの気配がした。

平兵衛の仕事場は八畳の一角を板張りにし、屏風《びょうぶ》でかこっただけのものである。その屏風から、腰を浮かせて覗くと、腰高障子《こしだかしょうじ》に人影が映っていた。

「どなたかな」

平兵衛は屏風をずらして、戸口の方へ出た。

「旦那、あっしで」

そう言って顔を出したのは、孫八である。

孫八はすでに四十路《よそじ》を越していたが、緊った敏捷《びんしょう》そうな体をしていた。おもて向きは屋根葺《やねふ》きの職人ということになっていて、紺の半纏《はんてん》に股引《ももひ》きという格好だった。

「早いな、もう知れたのか」

平兵衛が極楽屋へ足を運んでから、まだ二日しか経《た》っていない。

「それが、調べのことじゃァねえんで。元締から、すぐ、旦那をお連れしろ、と言われやしてね」

孫八の剽悍《ひょうかん》な顔が曇っていた。

「どうした、極楽屋で何かあったのか」

平兵衛は長屋で殺しにかかわるような話をしたことはないが、まゆみが留守だったのでその場で訊《き》いた。

「田所《たどころ》さまが、殺られちまったんで」

「なに、田所が……」

田所恭三郎《きょうざぶろう》は、三年ほど前から島蔵の下で殺しに手を染めていた牢人だった。一人暮らしのため、夜更まで飲み歩くのが難点だったが、腕はよかった。

「行ってみよう」

平兵衛は立ち上がって、念のため押し入れから来国光を取り出した。

吉永町につづく仙台堀沿いの道を歩きながら孫八が話したことによると、浅草入船町《いりふねちょう》ちかくの掘割の岸辺で田所は斬殺されていたという。

見つけたのは早出の魚屋のぼてふりで、この男が田所のことを知っており、番屋に走るとともに極楽屋にも知らせた。田所はちかくの飲み屋の帰りで、かなり酔っていたところを襲われたらしい。知らせを聞いた島蔵は、すぐに四人の男を走らせ、町方の検死が終わった後、死骸を引き取ったという。

「町方は、辻斬りにでもやられたんだろうって言ってたそうで。……どうせ、たいした調べはしやしねえ」

孫八は苦々《にがにが》しい顔で言った。

極楽屋の土間に、数人の男が集まっていた。島蔵、片桐右京、それに島蔵の手下らしい男が四人。なかに権助と与吉の顔もあった。男たちは、飯台を脇に寄せた土間に丸くなって立っていた。

平兵衛と孫八が入って行くと、集まっていた男たちが左右に分かれて身を退《ひ》いた。

土間に戸板に載せられた死骸があった。田所である。喉がぱっくりと開き、頸《けい》骨《こつ》が白くのぞいていた。顎《あご》から胸のあたりにかけてどす黒い血に染まっている。

「こ、これは！」

平兵衛は息を呑んだ。

凄惨《せいさん》な死骸だった。一太刀、横一文字に刀身を払い、喉を斬ったのである。見事な太刀筋だった。だが、平兵衛が驚いたのは、太刀筋の見事さでも死骸の凄惨さでもなかった。その太刀筋に覚えがあったからである。

「十文字斬りだ……」

平兵衛は顔をこわばらせ、つぶやくような声で言った。

「十文字斬りとは」

右京がちいさな声で訊いた。白皙《はくせき》、端整な顔に憂《うれ》いの翳《かげ》がある。右京はまだ若いが、何事にも諦観《ていかん》したようなところがあり、滅多に表情をあらわさなかった。

「むかし、わしが仕留めた臼木宗一郎が得意としていた剣だ」

平兵衛は臼木を斬った経緯をかいつまんで右京に話した。

「まさか、夜鴉が生きているんじゃァ……」

島蔵が驚いたような顔をして、平兵衛を見た。

「それはない。臼木のとどめは、この手で刺した。……考えられるのは、同じ神道無念流を遣う者。それも臼木と親しい者だろうな」

神道無念流に十文字斬りなどという太刀はなかった。臼木が実戦のなかで工夫した刀法である。それを遣うとなると、稽古相手か近親者で臼木の剣を見ていた者ということになりそうだ。

「するてえと、やっぱり、菊水の手の者か」

島蔵が嗄《しわが》れ声で言った。

「わしを尾けていた男かもしれぬ」

と、平兵衛は、大川端で立っていた男の姿を思い出した。夜鴉と呼ばれた臼木と似た雰囲気が漂っていたような気もした。

「狙っていたのは、旦那だけじゃァなかったわけだ。どうやら、菊水は極楽屋に出入りする者たちを根こそぎ始末するつもりのようですぜ」

島蔵は底びかりする目で、虚空を睨むように見すえた。大きな顔が怒張したように赭黒《あかぐろ》く染まり、殺し屋の元締らしい凄味《すごみ》のある顔になった。

「このままだと、次はわし……。そして、孫八や右京へも手が伸びような」

菊水の狙いは、島蔵の縄張である。そのために、まず、平兵衛たち殺し屋を始末するつもりなのであろう。

「どうする」

右京が訊いた。

「動いているのは、ふたりとみている。そいつらを始末すれば、菊水も手を引かざるをえないはずだ」

平兵衛は、弁慶格子を着た町人体の男と総髪の牢人が菊水の手駒であろうと思った。

島蔵は、よし、と言って、一同に視線をまわし、

「そいつらの首に、五十両……」

と、閻魔のような顔をどす黒く染めて言った。

平兵衛が承知し、つづいて孫八と右京も無言でうなずいた。

5

本所番場町に妙光寺という古刹《こさつ》があった。十数年前に住職が死んでから無住となり、荒れるにまかせていた。寺をかこった杉や樫《かし》などの杜《もり》が鬱蒼《うっそう》と茂っており、人目を避けて刀など振るには格好の場所だった。

平兵衛は、田所の死骸を見た翌日からこの寺に来て木刀を振っていた。老体に

鞭打《むちう》って鍛え直すつもりなどなかったが、このままでは勝てぬ、という思いが、恐怖となって平兵衛の心を萎縮させていた。その恐怖を払拭《ふっしょく》するために、木刀を振っていたのである。

素振りを繰り返しながら、平兵衛は臼木宗一郎の遣った十文字斬りを思い出していた。

立ち合ったのは、神田川沿いの柳原通りだった。夕暮れどきで通りに人影があったので、ふたりは土手の叢《くさむら》を踏み分け、川岸ちかくで相対した。

平兵衛は虎の爪を遣うつもりで逆八相に構えた。一方、臼木は左手が額《ひたい》に触れるほどの低い上段にとった。

両者の間合は、およそ五間。

臼木は全身に激しい気勢を込め、鋭い甲声《かんごえ》を発しながら間合をつめてきた。ほぼ同時に、平兵衛も前に疾走した。虎の爪も、己から間合をつめて仕掛ける太刀である。

両者の間は一気につまった。臼木は平兵衛の鋭い寄り身に、すこしも怯《ひる》まなかった。身を退くどころか、臼木は一足一刀の間境《まざかい》へ己から迫ってきた。

ヤアッ！

裂帛《れっぱく》の気合を発して、臼木が遠間から平兵衛の頭上へ斬り落とす。

とどかぬ！　一瞬、平兵衛は臼木の切っ先を見切った。刃唸りをたて、平兵衛の鼻先へ臼木の切っ先が斬り落とされる。

斬れる！　と、平兵衛は察知し、そのまま袈裟へ斬り込んだ。

刹那《せつな》、臼木の刀身が反転した。下まで斬り落としたと感じた臼木の刀身が平兵衛の胸のあたりで止まり、峰を返しざま、鋭く横に払われたのだ。

平兵衛の袈裟への刀身と臼木の横に払った刀身が、弾き合った。

キーン、という鋭い金属音がひびき、顔面ちかくで青火が散った。瞬間、平兵衛は首筋に、かすかな疼痛《とうつう》を感じ、アッ、と声を上げて後ろへ飛んでいた。

臼木の切っ先が、かすかに平兵衛の首筋をとらえたのである。

「虎の爪、見せてもらったぞ」

細い目をした臼木は、口元にうすい嗤《わら》いを浮かべていた。

「うぬの剣は」

「十文字斬り……」

「首斬りの太刀か」

斬り落とす初太刀は捨て太刀で、十文字に斬り返す二の太刀で喉を払い斬る剣であることを、平兵衛は看破《かんぱ》した。

十文字斬りの太刀筋は分かった。だが、かわせるかどうか……。おそらく、かわせまい、と平兵衛は思った。次は、さらに二の太刀の踏み込みを深くしてくるはずだった。もう一寸、切っ先が伸びてきても、喉を裂かれる。

平兵衛の胸の鼓動が激しくなった。次は斬られる、という恐怖に体が怯《おび》えているのだ。

「まいるぞ！」

言いざま、臼木は身を寄せて来た。

イヤアッ！

突如、平兵衛は凄まじい気合を発した。敵の気勢をそぐためと、己の心に生じた恐怖心を払拭するためである。

ふいに、叢で羽音がした。鴉である。平兵衛の気合に驚いたらしい。

臼木の姿が平兵衛の眼前へ迫る。その背後に、空へ飛び立つ数羽の鴉が見えた。

そのときだった。ワァッ、という童女の叫び声がした。

一瞬、臼木の視線が叫び声のした方に流れた。

……いまだ！

平兵衛は踏み込みざま、渾身《こんしん》の一刀を袈裟に斬り落とした。

骨肉を断つ鈍い音がし、臼木は噴血に染まりながらくずれるように倒れた。

平兵衛は血刀をひっ提《さ》げたまま、呆然《ぼうぜん》と立っていた。残照のなかを逃げるように走って行く童女の姿が見えた。通りの路傍に母親らしい女が、駆け寄る童女を抱き上げようと手を差し出している。童女は手に花を持っていた。花摘みにでも来て、飛び立った鴉に驚いたようだ。

……あのとき、童女の叫び声がなければ、斬られていたのはわしだ。

と、平兵衛は思った。

平兵衛は半刻ほど木刀を振りつづけた。全身から汗が噴き出し、ゼイゼイと喉が鳴った。いっとき体を休め、息がととのってくると、今度は臼木の遣った十文字斬りを脳裏に描いて、虎の爪で立ち向かってみる。何度も何度も、斬り込んでみるが、臼木の二の太刀がかわしきれない。初めから切っ先のとどかない遠間で仕掛ければ防げるが、それでは平兵衛の袈裟斬りの太刀もとどかないのだ。

……せいぜい、相打ちか。

捨て身で踏み込めば、ほぼ同時に袈裟に斬り落とせると感じたが、こっちは喉を斬られ確実に仕留められるのだ。

それから三日ほど、平兵衛は妙光寺の境内《けいだい》で十文字斬りを破る工夫をした。だが、相打ちの域を越えられなかった。

……相手の気をそらさねばだめだ。

と、平兵衛は思った。

あのとき、童女の叫び声に助けられたが、二度とあのような都合のいい偶然はないはずだった。右京や孫八の手を借りることも考えたが、そのような状況に相手を追い込むのは難しいだろう。それに、平兵衛の胸には、ひとりの剣客《けんかく》として十文字斬りと戦ってみたいという強い思いがあった。

6

境内につづく石段を上がってくる足音がした。

平兵衛は木刀を振る手をとめ、石段の方へ目をむけた。姿を見せたのは孫八である。

「やっぱり、ここでしたかい」

孫八は、殺しの仕事にとりかかる前に平兵衛がここに来て、木刀や真剣を振って剣の工夫をすることを知っていたのだ。

「何か知れたか」

孫八は、菊水の身辺から町人体の男の素性を探っていた。

もうひとり、牢人の方は右京に頼んであった。臼木が学んだ神道無念流の道場にあたれば、牢人の正体が知れるはずだが、それは右京の方が適任と思ったのである。

「へい、安中《あんなか》の三次《さんじ》という博奕打ちくずれらしいんで」

孫八によると、上州安中の宿から流れて来た渡世人で、三年ほど前から菊水のところへ草鞋《わらじ》を脱いでいるという。

「殺《や》るときは脇差を遣い、腹や喉を刺すそうでしてね。極楽屋の若い者は、三次の手にかかったようで」

「そうか……」

三次も殺し屋であろう、と平兵衛は思った。

「旦那、牢人を殺る工夫はつきましたかい」

孫八が不安そうな目をむけた。それというのも、汗まみれの老体がいかにも頼りなげに見えたからである。

「まだだ……」

平兵衛はつぶやくような声で言って、また木刀を振り始めた。

その日の夕方、平兵衛が庄助長屋へつづく木戸をくぐると、右京がこっちへ向かって歩いてくるところだった。

「ちょうどよかった。あなたを訪ねて来たのだが、留守だと言われたのでね」

そう言って、右京は相好《そうごう》をくずした。

まゆみが、留守だと言ったのであろう。まゆみには、右京のことを御家人で刀槍の蒐集家《しゆうしゆうか》と伝えてあった。右京もそれらしく振る舞い、まゆみの前では刀の話しかしたことはなかった。

平兵衛と右京は、長屋ちかくの掘割沿いの小径《こみち》を歩きながら話した。

「牢人の正体が知れましたよ」

右京が屈託のない声で言った。

「何者だ」

「臼木又次郎《またじろう》……」

「やはり、臼木宗一郎の身内か」

「弟ですよ。年の離れた弟で、二十七とのこと」

「兄弟か……」

暗くて人相までは分からなかったが、言われてみれば、大川端に立っていた姿が宗一郎に似ていたようである。

右京の話によると、又次郎は十二、三歳のころから本郷にある神道無念流の道場に兄とともに通い、ふたりとも評判の遣い手だったという。兄が身をもちくずして道場をやめた後も、何年か本郷の道場に通っていたが、その後、行方が知れなくなったらしい。

「当時の門弟に聞いた話では、品川《しながわ》で賭場の用心棒をしているという噂を聞いたことがあると言ってましたが、確かなことは分かりません。……そして、三年ほど前から下谷あたりで姿を見かけるようになり、菊水のところへ出入りするようになったようです」

「そうか」

おそらく、兄と同じように金で殺しを請《う》け負《お》っているのであろう。

「どうします、そろそろ仕掛けますか」

歩きながら、右京が訊いた。

「ま、待て、もう少し……」

平兵衛は、まだ十文字斬りを破る工夫がついていなかった。

ふたりは、掘割沿いの小径を通って竪川縁《べり》へ出た。西の空が茜色《あかねいろ》に染まり、川岸の家並を夕闇がつつみはじめていた。家路を急ぐ大工らしい男がふたり、道具箱を担いで通り過ぎて行く。

「片桐さんには、三次の方を頼みますかね」

平兵衛は小声で、孫八が探ってきた三次のことを右京に伝えた。

「いいですよ」

右京はこともなげに言い、路傍の柳の上に目をやった。

「安田さん、玄鳥《つばめ》ですよ」

見ると、虫でも獲っているらしく、一羽の玄鳥が柳の樹上から川面にかけて急降下し、旋回して平兵衛の頭上を礫《つぶて》のように飛び去った。

……礫でも投げるか。

そう思ったとき、平兵衛の脳裏に閃《ひらめ》くものがあった。

一か八かの勝負だが、又次郎の気をそらし、十文字斬りの寄り身をとめる手がある、と平兵衛は気付いた。

7

「ち、父上、またあの男が……」

まゆみが蒼ざめた顔で、戸口から駆け込んできた。

平兵衛は研いでいた刀身をかたわらに置き、急いで座敷の方へ出た。

「どうした」

「あの弁慶格子の男が、これを、父上に……」

まゆみは、手にした紙片を平兵衛に突き出した。細い手が、震えている。よほど怖かったらしい。

「どこで、会った」

「露地木戸のところで」

まゆみは夕餉の惣菜を買いに出ていたが、その帰りに木戸のところにいた男に呼び止められたという。

「結び文《ぶみ》のようだが……」

平兵衛は畳んである紙片を開いた。

夜鴉

花一輪　散らせたくなし　林光寺《りんこうじ》

書いてあったのは、それだけである。が、平兵衛はすぐに意味が分かった。花一輪とは、ひとり娘のまゆみのことであろう。まゆみを殺されたくなかったら、林光寺で立ち合え、ということである。平兵衛だけに分かる果し状といってもいい。差出し人は、夜鴉となっていたが、臼木又次郎であろう。

平兵衛の胸に、恐れと怒りが込み上げてきた。まゆみは人質と同じだった。わざわざ結び文をまゆみに手渡したのも、その気になれば、この娘はいつでも始末できる、という威嚇《いかく》なのだ。平兵衛のもっとも触れられたくないひとり娘に、又次郎は手を伸ばしてきたのである。

平兵衛は胸の昂ぶりを抑え、平静さをよそおった。

「なに、これ、俳句のようだけど」

まゆみは平兵衛の動揺に気付かず、呆気《あっけ》にとられたような顔をしていた。無理もない。怖いと思っていた男が手渡した文が、俳句と言えるかどうかは別にして、思いも寄らぬ風趣のあるものだったからである。むろん、まゆみに真意は読み取れない。

「まゆみ、その男、何か言わなかったか」

平兵衛は、静かな声音《こわね》で訊いた。これだけでは、日時が分からないのだ。

「そうそう、明日の暮れ六ツ（午後六時）、研いでもらう刀を林光寺で渡したいので父上に伝えてくれ、と言ってたけど」

まゆみの顔に、安堵の色がひろがった。いずれにしろ、男はお上の手先ではないし、恐ろしい知らせでもないと思ったようである。

林光寺は、本所荒井町《あらいちょう》にある古刹だった。鬱蒼とした杜にかこまれた寂しい寺で、住職はいたが、庫裏《くり》と離れた場所で立ち合えば人目に触れずにすむはずだった。ひそかに斬り合うには、いい場所である。

「やはり、研ぎの頼みか」

平兵衛が何事もなかったように仕事場にもどりかけると、まゆみは、すぐに、夕餉の支度をするから、と言って、両袖をたくし上げた。

翌日、朝餉がすむと、平兵衛は神田岩本町《いわもと》へ足をむけた。そこに右京の住む長兵衛長屋がある。右京は、四十五石の貧乏御家人の冷飯食《ひやめしく》いだったが、兄が嫁をもらったため家を出ていた。いまは長屋のひとり暮らしである。

平兵衛は、又次郎がひとりで来るとは思っていなかった。かといって、菊水の手下を大勢連れて来るような男でもない。おそらく、三次とふたりだろうと思った。

……右京の手を借りよう。

と平兵衛は思い、長兵衛長屋に来たのである。

だが、右京は留守だった。仕方なく、平兵衛は、ふところに入れてきた又次郎からの文に、竈《かまど》に残っていた炭で、今夕、六ツ、とだけ書き添えて、上がり框《がまち》に置いた。帰ってきた右京が見れば、すべてを察知するはずだった。

その日、平兵衛は七ツ半（午後五時）ごろ、頼まれた刀を預かって来る、とまゆみに言って、土間へ下りた。

「あら、どうしたの」

まゆみが、怪訝《けげん》そうな顔をして平兵衛を見た。

身装《みなり》はいつもの筒袖とかるさんだったが、小刀を腰に差し、手に来国光を持っていたのである。大刀だけ差して出かけることはあったが、二刀を持つことは滅多になかった。

「初めての人なので、わしの研いだ刀を見てもらおうと思ってな」

平兵衛はそう言い置いて、戸口を出ようとしたが、何か思いついたように立ち止まり、

「まゆみ、今夜の夕餉はひとりで食べてくれ、遅くなるかもしれん」

そう小声で言って、戸口で見送っているまゆみに背をむけた。

長屋を出てしばらく歩くと、平兵衛の体が震えてきた。いつもそうである。斬り合いを意識すると胸が異様に昂ぶり、体が震えだすのだ。とくに手はひどかった。指をひろげて見ると、平兵衛の動揺を嘲笑《わら》うように震えている。

平兵衛は途中の瀬戸物屋で貧乏徳利《どっくり》を買い、酒屋で酒を入れてもらった。酒が震えをとめてくれるはずだった。


そのころ、長屋にもどった右京が、上がり框に置いてあった紙片に目をとめていた。右京の端整な顔がこわばった。

……間に合うか！

まだ、暮れ六ツの鐘は鳴っていない。

右京は、刀をつかんで戸口を飛び出した。

露地を走り抜け、両国広小路《ひろこうじ》へ出て両国橋を渡った。江戸の町は夕映えに染まり、地表をおおいはじめた夕闇のなかにぽつぽつと家並の灯が見えた。

ちょうど、右京が両国橋を渡り終えたとき、入相《いりあい》の鐘の響きが高鳴った胸を打つように聞こえてきた。

右京は走った。林光寺はまだ遠い。

8

小禄《しょうろく》の旗本や御家人の屋敷がつづく通りを抜けると、町家が多くなり、前方に林光寺の杜が見えてきた。家並を夕闇がつつみはじめ、茜色の空にも闇が忍んできている。通りに人影はなく、空地や雑草地などが目につくようになった。

平兵衛は路傍で立ちどまり、貧乏徳利の栓を抜くと、一気に酒を飲んだ。三合ほど飲み、一息ついた後、また二合ほど飲んだ。

そして、ゆっくりと歩きだした。すると、こわばっていた平兵衛の顔に朱がさし、丸まっていた背が伸びたように見えた。平兵衛の体のなかを血がめぐりだし、萎《しお》れていた葉が水を得て蘇ってくるように全身に活力と自信が満ちてきた。

平兵衛は開いた手を顔に近付けて見た。震えはとまっている。

……斬れそうだ。

と、平兵衛はつぶやいた。

真剣勝負に対する怯えが拭い取ったように消え、敵を恐れぬ豪胆さが平兵衛の腹にみなぎってきた。

山門につづく石段を上りはじめたとき、暮れ六ツの鐘が鳴りだした。そよという風もなく、鬱蒼とした杜にかこまれた境内は凝固したような静寂につつまれていた。平兵衛は山門の脇へ徳利を置き、周囲に目をやった。右京らしい姿はなく、本堂の前に立っているふたりの人影が見えた。又次郎と三次である。

まだ残照のある上空の明りに、総髪で黒の小袖を着流した又次郎の姿が浮かび上がったように見えた。宗一郎にくらべて長身だったが、尖った顎や笑っているような細い目などが兄に似ていた。かたわらに立っている三次は長脇差《どす》を帯び、尻っ端折りして両袖をたくし上げていた。殺気のこもった目で、平兵衛を睨むようにに見すえている。

「ひとりで、来たとはな」

又次郎の顔に驚いたような表情が浮かんだ。

「もうひとり、来るかもしれぬ」

右京は怖気《おじけ》づいて、逃げ隠れするような男ではなかった。いまごろ、ここへ向かって走っているのかもしれない。

「……ひとりでも、ふたりでもかまわぬがな」

そう言うと、又次郎は二、三歩間をつめ、腰の刀に手をかけた。

「待て、立ち合う前に、聞いておきたいことがある」

「なんだ」

「宗一郎に子が、いたのか」

平兵衛は、立ち合いのとき、なぜ宗一郎が童女の叫び声に心を乱したのか、それが知りたかった。宗一郎ほどの遣い手になれば、叫び声などで心を動かすはずはないのである。その証拠に、平兵衛の発した気合にも、飛び立った鴉の羽音にも少しも心を乱さなかったのである。

「おぬしに斬られた当時、五つになるひとり娘がいたよ」

又次郎は、鼻先で嗤うような顔をした。

「そうか……」

平兵衛は、宗一郎の心の動きを理解した。あのとき、童女の叫び声と娘のそれとが重なったのである。夜鴉と呼ばれた殺し屋にも、父親の情があったということであろう。

「その後、義姉《あね》は借金のかたに女郎に売られ、その娘は病《やまい》で死んだがな」

又次郎は他人事《ひとごと》のように乾いた声で言った。

「それで、おぬしの剣だが、兄譲りか」

「そうだ」

「田所に傷跡を残したのは、わしに知らせるためか」

十文字斬りのような特殊な刀傷を残せば、だれが、どんな刀法で斬ったかすぐに知れる。傷跡を潰《つぶ》さず、そのまま放置したのは、自分に己の正体と刀法を知らせる含みもあったのではないか、と平兵衛は思ったのである。

「おぬしの虎の爪を見せてもらったのでな。おれも手の内を見せたのよ」

「やはりそうか」

又次郎には、平兵衛の虎の爪を破る自信があるということなのだろう。

「十文字斬りを遣い、兄の敵《かたき》を討つつもりか」

「敵討ち……。そんな気はまったくない」

そう言って、又次郎は口元にうす嗤いを浮かべると、

「地獄屋の鬼どもの首、ひとつ百両で請けただけのことだ」

言いざま、抜刀した。

スルスルと三次が、平兵衛の背後にまわり込んできた。だが、かなり間をとっているので、後ろから斬りつけてくる気はなさそうだ。下手に手出しせず、又次郎にまかせておく気なのだろう。

平兵衛は手にした来国光を抜き、鞘《さや》を足元に捨てた。

「鬼首、刎《は》ねてみろ！」

平兵衛は大きく逆八相に構えた。

9

およそ五間の遠間。

又次郎は左手が額に触れるほどの低い上段である。又次郎の長身に気勢がみなぎり、大気のなかに痺れるような殺気が放射された。

……凄まじい剣気だ！

平兵衛は又次郎の構えのなかに宗一郎に勝る剣気を感じ、身震《みぶる》いした。平兵衛は逆袈裟に構えた刀身を上げて気魄を込めた。又次郎の剣気を撥《は》ね返そうとしたのである。

タアッ！

鋭い気合を発し、又次郎が一気に間合をつめてきた。黒い獣が迫ってくる、そう思わせるほど迅く、鋭い寄り身である。

同時に、平兵衛も前に疾走した。

両者の間は一気にせばまる。一足一刀の間境に迫り、又次郎の構えに初太刀の気配が見えた瞬間だった。

ヤッ！　と鋭い気合を発し、平兵衛が振り上げた刀身を又次郎めがけて投げた。

一瞬、又次郎の顔が驚きにゆがみ、次の瞬間足がとまり、大きく刀を振って飛来した刀身を払った。

鋭い金属音とともに、虚空に刀身が撥ね上がった。

又次郎が払った刀身をふたたび上段へ構えようとする、そこへ、飛鳥のように平兵衛が飛び込んだ。敵の胸元への飛び込みを神髄とする富田流小太刀の神速の寄り身である。

飛び込んだ平兵衛の手には小刀が握られ、体勢をくずしたまま袈裟に斬り込もうとした又次郎の喉へ、切っ先が伸びた。

グワッ！　と、呻き声を上げ、又次郎はその場につっ立って動きをとめた。小刀の切っ先が又次郎の首をつらぬき、ぼんのくぼへ抜けた。

だが、両者が動きをとめていたのはほんの一瞬だった。平兵衛は背後にいる三次の攻撃にそなえるべく又次郎の胸を肩先で突き、小刀を引き抜いた。

瞬間、小桶で湯を浴びせられたように平兵衛の顔に噴血がかかった。又次郎の首から血が噴き出したのである。

背後に、又次郎が倒れる音を聞きながら平兵衛は身構え、三次の姿を探した。

三次は山門の方へ向かって駆けだしていた。かなわぬ、と見て逃げだしたようだ。だが、三次の走る前方に人影があらわれた。右京である。右京は闇の濃くなった山門の前に立ちはだかり抜刀した。

その姿に気付き、慌《あわ》てて三次が方向を変える。右京の影が地をすべるように疾り、手にした白刃が夜陰を裂いた。

平兵衛の目に、ふたりの姿が重なったように見えた瞬間、ギャッ、という叫び声が聞こえ、三次の体がのけぞった。一太刀。三次の背後に迫った右京の袈裟斬りが、三次の骨肉を截断したのだ。

血刀をひっ提げて歩み寄ってきた右京は、平兵衛の顔を見て目を剝《む》いた。顔中に血を浴びて、真っ赤に染まっている。

「やられたんですか」

「いや、返り血だ。まだ、首はつながっている」

そう言って、平兵衛は首をすくめた。

「鬼のような顔ですよ」

「この鬼の首が、百両だそうだよ」

平兵衛は、顔の血を袖口で拭って苦笑いを浮かべた。

白《びゃっ》狐《こ》

1

大川の川面《かわも》が華やかな灯《ひ》に染まっていた。

川面に提灯《ちょうちん》の灯を落とした屋形船や屋根船がゆっくりと行き来し、客を乗せた猪牙舟《ちょきぶね》や物売りのうろうろ舟が、大型船の間をぬっていく。三味線《しゃみせん》、太鼓、笛の音などがひびき、女の嬌声《きょうせい》や男の哄笑《こうしょう》などが聞こえてくる。

六月（旧暦）の初旬、五月二十八日の大川の川開きが終わって十日ほど経《た》つが、川面は涼み船や物売り舟などでにぎわっていた。

町木戸のしまる四ツ（午後十時）すこし前、黒田《くろだ》仙次郎《せんじろう》は深川清住町の大川端を本所方面にむかって足早に歩いていた。

左手に華やかな船の明りに彩られた大川が広がっていたが、黒田の目は半町

（約五十四メートル）ほど先を行く男の背にそそがれていた。

　この辺りの通りは日暮れとともに涼み客でにぎわうのだが、さすがにこの時刻になると人影はまばらになり、船頭らしい男や足元のさだまらない酔客などを見かけるだけになる。

　黒田は清住町の樽屋《たるや》という縄暖簾《なわのれん》を出した飲み屋から、男の後を尾《つ》けていた。人通りがとだえた場所で追いつき、斬ろうと思っていたのである。

　男は野狐《のぎつね》の辰《たつ》という異名をもつ遊び人だった。本名は辰次郎《たつじろう》という。黒田は二十両で、辰次郎を斬ることを請《う》け負《お》っていた。辰次郎は深川今川町《いまがわちょう》にある材木問屋、近江屋《おうみや》のお久《ひさ》というひとり娘に因縁をつけて尾けまわし、娘から手を引かせたけりゃァ金を出せ、と凄《すご》んで主人の甚兵衛《じんべえ》を強請《ゆす》っていたが、度重なる要求に耐えられなくなった甚兵衛が始末を依頼してきたのである。

　黒田は三日ほど前に樽屋に辰次郎が酒を飲みに寄るという情報を得て、客として通っていたが、今夜やっとあらわれた辰次郎を尾けてここまで来たのである。

　……おや、女だ。

　黒田はどこからあらわれたのか、辰次郎の十間《けん》ほど先に浴衣《ゆかた》姿の女が歩いているのを目にとめた。遠方のため柄《がら》は分からないが、白っぽい浴衣が夜陰に浮き上がったように見えていた。

その女が、小名木川にかかる万年橋のたもとを右手にまがった。すこし遅れて辰次郎もまがった。

……あやつ、女を尾けているようだ。

黒田は足を速めた。辰次郎が女を手籠《てご》めにでもしようとしているのではないかと思ったのである。

万年橋のたもとまで来ると、小名木川沿いの町筋を足早に行く辰次郎と女の姿が見えた。大川の川面のにぎわいが嘘のように、通りはひっそりとして人影もなかった。左右には町家がつづいていたが、どの家も雨戸をしめ洩《も》れてくる灯もない。頭上の月が皓々《こうこう》とひかり、通りに家並のくっきりとした影を落としていた。

カツカツと下駄の音がした。女は背後から迫ってくる辰次郎に気付き逃げようとしているようだった。

黒田は走り出した。ちょうど町家がとぎれた場所だった。左手に寺の杜《もり》があり、右手は小名木川の土手になっている。黒田は、辰次郎が女をその杜へ連れ込んで無理強《じ》いするつもりではないかと思った。

思ったとおり、辰次郎は女に追いつくと、女の肩口に手をまわして無理に寺の方へ連れ込もうとしていた。

「待て！」

声を上げて、黒田が駆け寄った。

「だれでえ、てめえは」

辰次郎は女の袖口《そでぐち》をつかんだまま、振り返った。辰次郎は驚いたような顔をしたが、怯《おび》えや恐れの表情はなかった。目の細い剽悍《ひょうかん》な顔には、うす嗤《わら》いさえ浮いている。

女は色白のほっそりした年増《としま》の美人だった。芸者であろうか、白地に四筋格子《よすじごうし》の浴衣、紫地に亀甲《きっこう》模様の帯という粋《いき》な姿である。手に団扇《うちわ》を持っていた。大川端に涼みにでも来た帰りかもしれない。女の顔は蒼《あお》ざめ、細い肩がワナワナと顫《ふる》えていた。

「辰次郎、女を離せ」

黒田は腰の刀に手をかけた。

「へえ、おれの名を知ってるのかい。そうなると、てめえもただの通りすがりの者じゃァねえってことだな」

ふてぶてしい嗤いを浮かべて辰次郎は女から手を離した。

女は辰次郎の手から逃れると、泳ぐような格好で黒田の背後にまわった。黒田の背にはりつくように身を寄せ、助けてください、と切羽詰《せっぱつ》まったような声で言った。

黒田は女の身を守るように立ち、

「辰次郎、命はもらったぞ」

と言って、抜刀した。

「そんななまくらに斬られるような野狐さまじゃありませんぜ」

そう言うと、辰次郎はふところから何かをつかみ出した。

匕首《あいくち》や短刀のような武器《えもの》ではなかった。六、七寸（約十八〜二十一センチ）の細い棒のような物である。三本持っていた。二本を左手に持ち替え、一本を右手の指に挟むように持った。手裏剣のように打つ気らしい。

「小柄《こづか》か」

黒田は驚いた。遊び人なら匕首ぐらい呑んでいるだろうと予想していたが、思いもしない武器を手にしたのである。

「こいつは、針で」

辰次郎は口元にうす嗤いを浮かべたまま言った。

「針だと」

そう言われれば針である。畳針であろうか、それにしても長い。黒田はたいした武器ではないと思った。あの程度の針では、喉か目にでも刺さらなければ、深手《ふかで》を負うようなことはないはずだった。

「いくぜ、さんぴん」

辰次郎が右手を振り上げた。

黒田は刀身を顔の前に立てるように身構えた。女が怯えたように黒田の背に身を寄せてきた。

辰次郎は右手にまわり、その身が樫《かし》の樹陰に入ったとき、ヤッ、と短い気合を発しざま、針を放った。黒田は目を剝き、飛来する針を見定めようとした。その瞬間、首筋に焼き鏝でも当てられたような衝撃が疾《はし》った。

思わず、黒田は左手を首筋にあてた。

……針だ！

黒田は首筋に刺さっている針を引き抜いた。

首筋から音をたてて血が噴出し、ぐらっと視界が揺れた。わずか数瞬であったろう。立っている黒田の目に、嗤いながら近寄ってくる辰次郎の姿が見えていた。

……おのれ！

脳裏で叫び、右手で刀を振り上げようとしたが、急に視界がまわり、そのままくずれるように倒れた。黒田の意識があったのは、そこまでだった。

2

「お、親分、こ、これが」

益吉《ますきち》が縄暖簾を撥《は》ね上げて極楽屋に飛び込んできた。手に何か大きな丸いかたまりをぶら下げている。

いきなり、益吉は店の土間に手にした物を放り出した。飯台《はんだい》に五、六人の荒くれ男たちが酒を飲んでいたが、足元にころがった物を見て度肝《どぎも》を抜かれた。ギャッ！　と叫び声を上げて飛び上がった者、思わず立ち上がって腰かけていた空樽《あきだる》を倒す者、手にした茶碗を落とした者……。

生首だった。両眼をカッと見開いた凄《すさ》まじい形相《ぎようそう》である。足元のうす闇のなかから男たちを睨み上げているように見えた。

「どうしたんだ」

騒ぎを聞きつけた店のあるじの島蔵が、調理場から出てきた。
「お、親父《おやじ》さん、首だ……」
別の男が悲鳴のような声を上げた。
極楽屋は一膳めし屋だが、口入れ屋《くちいれや》もやっていた。それもただの口入れ屋では
ない。無宿人《むしゆくにん》や入墨者《いれずみもの》、遊び人などを店の奥に住まわせ、通常の口入れ屋なら遠
慮するような借金の取り立て、用心棒、危険な普請《ふしん》の仕事などを斡旋《あっせん》していた。
そのため、極楽屋は人相のよくない男たちの溜《た》まり場のようになり、土地の者は、極楽屋ではなく地獄屋などと呼んで寄り付かなかった。いま店にいる者たちは、
客というより島蔵の手下のような男たちで、島蔵のことを親父さんとか、親分と
か呼んでいた。
「これは、黒田さんだ」
島蔵の顔がこわばった。その場にかがみ込み大きな目を見開いて、ころがった
生首を見つめている。
「どこにあった」
「要橋のそばに、ころがってやした」
益吉が言った。

極楽屋は深川吉永町の仙台堀にかかる要橋のちかくにあった。裏手が乗光寺という古刹《こさつ》、右手が山倉藩の抱え屋敷で、正面と左手に掘割がある。この掘割にかかる小さな橋を渡って店に出入りするのである。

益吉によると、生首は正面の掘割の岸辺にころがっていたという。おそらく、昨夜のうちに何者かが舟で来て、岸辺に放り投げていったのだろう。

……おれへの見せしめだな。

と、島蔵は思った。

ころがった首を見ると、右の耳の下に何かで刺したような傷があった。島蔵は長い針のような物で刺されたのではないかと推測した。

……辰次郎の手にかかったのかい。

黒田に辰次郎殺しの話をもっていったのは島蔵だった。

島蔵は殺し屋の元締《もとじめ》でもあった。ギョロリとした大きな目と厚い唇が閻魔《えんま》に似ていたことから、闇の世界では地獄の閻魔とも呼ばれていた。島蔵は近江屋のあるじの甚兵衛からひそかに辰次郎殺しを依頼され、黒田に話したのである。

……辰次郎は針を遣《つか》うのか。

島蔵は辰次郎が若いころ畳職人だったことは聞いて知っていた。おそらく、首筋の傷は畳針だろうと思った。

それにしても、島蔵はいまひとつ腑《ふ》に落ちなかった。黒田は貧乏牢人《ろうにん》だが、心形刀流《しんぎょうとうりゅう》の遣い手であった。野狐の辰が、黒田を返り討ちにするほどの腕利きとは思えなかったのである。

「おめえたち、この首を裏に埋めてやれ」

島蔵は立ち上がって言った。めずらしく閻魔のような顔がこわばり、大きな目に憎しみの色があった。

「それから、益吉、すぐに安田さんと片桐さんのところへ走るんだ」

3

コトッ、と表の土間の方で音がした。入口の腰高障子《こしだかしょうじ》をあける音のようだ。

安田平兵衛は踏まえ木を押さえていた左足をはずし、手にしていた刀身をかたわらに置いた。踏まえ木は砥石《といし》を押さえる木片である。平兵衛は研《と》ぎ師《し》であった。

「どなたかな」

平兵衛は戸口の方へ声をかけた。

人の気配はしたのだが、返事がない。

平兵衛は、土間と八畳一間だけの長屋に住んでいた。その八畳の一角を板張りにし、屏風《びょうぶ》でかこってある。そこが平兵衛の仕事場であった。

平兵衛は立ち上がって、入口の方へ目をやった。だれもいない。土間ちかくの畳の上に白いちいさな物がころがっていた。だれか、腰高障子をあけて投げ込んでいったものらしい。

平兵衛は腰を伸ばし、両腕を袖にとおした。一刻《いっとき》（二時間）ほど前から平兵衛は諸肌《もろはだ》脱ぎで、橘屋《たちばなや》という刀剣商に依頼された刀を研いでいたのである。

白い物は投げ文《ぶみ》だった。紙片に小石をつつんで投げ込んでいったのである。

十八夜《や》、笹《ささ》
と記してあった。地獄屋からのつなぎである。十八は、四《じ》、五《ご》、九《く》をあらわし、笹は笹屋というそば屋のことだった。つまり、今夜笹屋に来てくれという意味である。用件も分かっていた。島蔵からの殺しの依頼である。

島蔵はこの手の符牒《ふちょう》を二種類使い分けていた。殺し以外の用件で呼び出すときは、二十三夜、という符牒を使っていた。つまり、五《ご》、九《く》、九《らく》、夜《や》の意味で、このときは吉永町にある極楽屋に来てくれということが多い。

その日、早い夕餉《ゆうげ》を終えると、平兵衛はひとり娘のまゆみに、

「研いだ刀をとどけてくる。先に寝てくれ」

と言い置いて、土間へ下りた。

筒袖《つつそで》にかるさん、手に刀箱を持っていた。刀箱のなかには、殺しに遣う愛刀の来国光、一尺九寸が入っていた。念のため、持参するのである。

平兵衛は還暦まであと二年の老齢だった。白髪が目立ち、腰もいくぶんまがっている。そうして刀箱を抱えて立った姿は、いかにも頼りなげな老爺《ろうや》である。

「父上、明日にしたら……。夜分、年寄りのひとり歩きは不用心だし」

まゆみは眉根《まゆね》を寄せた。

幼いころから暗闇を怖がり、夜道などでは平兵衛の背に顔を埋《うず》めて震えていたまゆみが、一家の主《あるじ》のような口を利いている。

「いや、橘屋さんに今夜中にとどけてくれと言われていてな」

「それなら仕方がないけど……。父上、お酒はほどほどにしてくださいよ。もう、年なんだから」

このところ、娘というより女房のような口を利くようになった。母親が死んで家の切り盛りをやるようになってから、父親の面倒を見なければという自覚を強

くしたらしい。そんな娘のことを、面映《おもば》ゆく感じながらも平兵衛は言いなりになることが多かった。

「まゆみ、心張棒《しんばりぼう》をかっておけ。若い娘をひとり置いておく方が、よっぽど不用心だ」

そう言い置いて、平兵衛は表へ出た。

笹屋は万年橋のたもとにある小体《こてい》なそば屋だった。島蔵が馴染みにしている店で、平兵衛と会うとき利用することが多かった。

二階の奥座敷の障子をあけると、

「旦那、こっちへ」

と、島蔵が声をかけた。

島蔵といっしょにもうひとりいた。片桐右京である。右京は端整な白皙《はくせき》に笑みを浮かべて、平兵衛に目礼した。鏡新明智流の遣い手で、ちかごろ殺しに手を染めるようになった若侍だった。

「どんな話かな」

女中が酒肴《しゅこう》の膳を置いて下がると、平兵衛が訊《き》いた。

「まァ、一杯《いっぺえ》やってくだせえ」

島蔵は平兵衛と右京に酒をついでから、黒田が殺された経緯《いきさつ》を話した。

「黒田がな」

平兵衛は黒田のことを知っていた。三年ほど前から、極楽屋に出入りするようになった牢人で、当初は依頼されて用心棒や借金の取り立てなどをやっていたが、ちかごろその腕を島蔵に見込まれ、殺しにも手を染めるようになったのである。

「おれが辰次郎の腕をみくびったせいもあるんで」

島蔵は顔をくもらせた。

「野狐の辰という男、腕がいいようだな。……それで、黒田は首を針で刺されていたのか」

念を押すように平兵衛が訊いた。

「へい、右の耳の下をひと突きに。辰次郎は畳職人だったので、畳針を遣ったんじゃァねえかと」

「畳針でな」

そのような武器で、黒田ほどの者を斃《たお》せたのであろうか。平兵衛は腑に落ちなかったが、それ以上は訊かなかった。殺《や》る、となれば、自分の目で確かめるのが、平兵衛のやり方だったのである。

右京を見ると、手酌でやりながらふたりのやり取りを黙って聞いていた。その顔には物憂《ものう》いような翳《かげ》があるだけである。

「辰次郎を殺らねえことには、近江屋さんに顔むけができねえ。それに、ほかにも気になることがありますんで」

「気になることとは」

「黒田さんの首を、とどけてきたことでさァ。……辰次郎ひとりなら、そこまではやらねえ。これは辰次郎の裏にだれかいて、そいつが、余分なことをすればこうなると、おれに脅《おど》しをかけてきたにちげえねえんで」

「辰次郎の裏に、だれがいるのだ」

平兵衛が訊いた。

「下谷の菊水……」

そう言って、島蔵は牛のような大きな目で虚《こ》空《くう》を睨んだ。

「菊水か」

平兵衛も菊水のことは知っていた。

下谷にある菊水という料理屋のあるじだが、それは表の顔で、香具師《やし》の元締として下谷、神田、本郷界隈を牛耳《ぎゆうじ》っている男である。それだけなら問題はないのだが、菊水は島蔵と同様、殺し屋の元締でもあり、ちかごろ島蔵の縄張《しま》を狙っている節があるのだ。

「近江屋は深川では名の知れた材木問屋の大店《おおだな》。その依頼にドジを踏みひとり娘に瑕《きず》でもつけることになれば、たちまち闇の世界に知れ渡り、それこそ地獄屋の方の看板は下ろさなけりゃァなんねえ」

「うむ……」

島蔵は深川、本所、浅草あたりを縄張にしていた。なかでも、深川は膝元だった。そこで信用を失えば、殺し屋の元締としてはやっていけなくなるだろう。

「それに、こうなると、辰次郎がひとりで仕掛けたとも思えねえんで」

「どういうことだな」

「深川はおれの膝元、そこへ手をつっこんできたとなると、ほかにも腕利きの殺し屋が動いているとみた方がいいような気がしますんでね」

島蔵がそう言って、右京の方に目をやった。相変わらず、右京は他人事《ひとごと》のように無表情で聞いている。

「それで、ふたり呼んだわけか」

平兵衛は、右京もこの場に呼んだわけを理解した。いかに腕利きとはいえ、辰次郎ひとりを殺るのに、ふたりも動くことはないと思っていたのだ。

「どうするな、片桐さん」

平兵衛が右京に訊いた。

「安田さんさえよければ、受けますよ」

右京は涼しい顔で言った。

「よし、やってみよう。……ただ、辰次郎の方はいいが、ほかの相手が分からないうちは動きようがないな」

「それは、こっちで探り出しますよ。……それまで、片桐さんは近江屋のお久という娘に張り付いてもらいたいんで。菊水は、お久にも手を出してくるような気がしますんでね」

島蔵は苦々《にがにが》しい顔で言った。

「しばらく、わたしは用心棒か」

右京は、それもおもしろいかもしれぬ、と口元に微笑を浮かべながら言った。

「それじゃァ、これは刀の研ぎ代の半金で」

島蔵はふところから、切《き》り餅《もち》をふたつ取り出し、平兵衛と右京の膝先に置いた。

島蔵は平兵衛が仕事にかかる前に愛刀を研ぐのを知っていて、研ぎ代といって渡すのである。切り餅ひとつが二十五両。殺し料はそれぞれに五十両ということらしい。

　平兵衛と右京は、膝先の切り餅に手をのばした。

4

　しばらく、右京は近江屋の離れに寝起きすることになった。右京は御家人の冷《ひや》飯食《めしく》いだったが、いまは長屋のひとり暮らしである。島蔵は、右京なら住み込むこともできると思い、近江屋に同行して主人の甚兵衛に話をとおしたのだ。

　甚兵衛は右京の端整な顔立ちを見て、出自《しゅつじ》のよい武家とでも思ったらしく、

「そうしていただければ、心強いかぎりです」

　と喜び、世話をする女中までつけてくれた。

　ひとり娘のお久は十六歳、つぶし島田に緋《ひ》鹿《が》の子《こ》をかけた結綿《ゆいわた》のよく似合うかわいい娘だった。辰次郎のようなやくざ者とかかわったことが信じられないほど明るく、屈託のない性格である。

「お浜《はま》ちゃんと深川の八幡《はちまん》さまにお参りにいった帰りなの。一ノ鳥居を出たとこ

ろで、女の人がかがみ込んで苦しそうにしていたので、声をかけたんです。……その人、癪《しやく》で苦しんでます、ちかくの家まで送ってください、と息も絶え絶えに頼むので、あたし、お浜ちゃんとふたりで、送っていったんです」

お浜ちゃんというのは、近くの瀬戸物問屋の娘だという。深川の八幡さまとは、富岡《とみおか》八幡宮のことである。

お久の話によると、苦しむ女をだれもいない仕舞屋《しもたや》に寝かせ、すこし容体が落ち着いてからその家を出たという。

「後から辰次郎という人が追ってきて、いきなり女房が大事にしてる簪《かんざし》を盗んだなといって、わたしのたもとに手を入れたんです。そしたら、ほんとに、あたしのたもとに銀の簪が入っていて……。あ、あたし、まったく分からないんです、どうして、簪が入っていたのか」

お久は、涙を流しながら言った。

「それを種に、辰次郎が店に来て脅したんだな」

「は、はい……」

よくある手だった。おそらく、女と辰次郎はぐるだったのだろう。

「その仕舞屋は」

右京が訊いた。女を押さえれば、お久のたもとに簪を入れたことがはっきりするだろうと思った。

「店の奉公人が行ってみたら、その仕舞屋、空き家だったそうです。女の人も、どこのだれだか分からないし」

「案ずることはない。こんど、辰次郎が姿を見せたら、わたしが追い返してやろう」

右京は斬る気でいたが、お久にそこまでは話さなかった。

「よかった」

お久は頰《ほお》を染めて、右京を頼もしそうな目で見た。

だが、その後、辰次郎は近江屋に姿を見せなかった。右京が離れに寝泊まりしていることを知って、近寄らないのかもしれない。

それならそれで、右京の役目は果たせたことになるのだが、一日中離れにくすぶっている右京は暇《ひま》をもてあましていた。

「辰次郎の姿を見かけたら知らせてくれ」

と甚兵衛に言って、ちかくの堀に釣りに出かけたりして暇をつぶしていた。

右京が近江屋に腰を落ち着けて七日目だった。ちかくの堀で釣糸をたれていた右京のところへ、民助《たみすけ》という手代が血相を変えて駆けつけた。

「だ、旦那、すぐ来てください」

「辰次郎か」

「は、はい、通りから店の様子をうかがってるんです」

「すぐ、行こう」

右京は釣竿をその場に置いて立ち上がった。

近江屋は仙台堀に沿ってつづく通りに面していた。材木問屋らしく店の周囲に材木置き場や倉庫などがあり、木挽《こびき》や人足などが盛んに出入りしている。通りには米問屋、油問屋などの表店が並び、人通りもかなりあった。

「旦那、あそこに」

民助が指差した。

見ると、通り沿いに立て掛けてある材木の陰から、店の方をうかがっている男の姿が見えた。三十がらみ、縞《しま》の着物を尻《しり》っ端《ぱしよ》折りし雪駄《せったば》履きで、遊び人のような風体である。

「あいつが、辰次郎か」

「まちがいありません。あの男が店に来たとき、ちかくで見てますんで」

「分かった。話をつけてこよう」

そう言って、右京が男の方へ歩きかけると、ふいに男は通りに出て、仙台堀沿いの道を海辺橋《うみべばし》の方に足早にむかった。

右京はすこし距離を置いて尾けた。人通りがあったので間隔さえ置けば、気付かれることはなさそうだった。

……それほどの相手とは思えぬ。

右京は辰次郎の背を見ながら、人目のない場所があれば、斬ってしまおうかとも思った。

辰次郎は仙台堀沿いの道を、まっすぐ東へむかって歩いて行く。やがて、前方に海辺橋が見えてきた。正覚寺《しょうがくじ》橋ともいう。橋のたもとに正覚寺という寺があったからである。

辰次郎は海辺橋のたもとまで来ると右手にまがった。その通りは正覚寺の正面へ出るはずである。

右京は走った。ここまで尾けてきて、辰次郎を見失いたくなかったのである。それに、右にまがった先は寺院のつづく寂しい通りになる。辰次郎を斬れる場所があるかもしれぬ、と右京は思ったのだ。

辰次郎はちょうど正覚寺の先にある寺の門前を通り過ぎたところだった。道の右手は町家が軒《のき》を連ね、左手は寺院の塀《へい》や門などがつづいていた。通りはひっそりとしていたが、表店の店先には客の姿があり、路地から子供の声なども聞こえてきた。ここで、襲うわけにはいかなかった。

しばらくそのまま尾けたが、右京は辰次郎の十間ほど先を歩いている女が気になった。

……あやつ、女を尾けているのか。

さっきから、辰次郎はその女と歩調を合わせて歩いているような気がしたのである。

芸者か、それとも三味線か長唄の女師匠であろうか。格子縞《こうしじま》の着物に薄紅色の帯、黒塗りの下駄という粋な姿である。

その女の姿が、寺院をかこっている黒板塀の角をまがった。細い路地へ入ったらしい。すると、急に辰次郎が走りだした。

……辰次郎は、女を狙っている。

と、右京は直感した。

右京も走った。黒板塀の角をまがると、辰次郎が女の胸のあたりに手を当てて板塀のところへ押しつけていた。細い路地で、左右は寺の板塀と杜になっていた。人影はまったくない。遠目にも、恐怖にゆがんでいる女の顔が見てとれた。

「待て！」

右京は走りながら、鯉口《こいぐち》を切った。

「だ、だれでえ！」

辰次郎は驚いたような顔で女から飛びのき、ふところに手を入れて腰を沈めた。女が、助けてください、と声を上げて、右京の背後にまわろうとした。右京は走りざま抜刀し、まっすぐ辰次郎に迫った。

辰次郎は後じさりしながら、ふところから何かをつかみ出した。

……針だ！

右京は辰次郎の手にした武器に目をとめたが、足はとめなかった。辰次郎が右手を振り上げて、投げる素振りを見せた。針にしては太く長い。手裏剣のようにも遣えるらしい。

右京は八相《はっそう》に構えなおして、一気に辰次郎に迫った。八相は左手が自分の首をおおう身構えになる。辰次郎は首を狙って針を投げる、と読み、八相に構えたのだ。

辰次郎は寄り足をゆるめず急迫してくる右京にたじろいだらしく、

「てめえ！」

と、ひき攣《つ》ったような声を上げ、針を投げた。

咄嗟《とっさ》に、右京は身をかがめて針をよけた。

かなわぬと見たのか、辰次郎は大きく背後に跳ぶと、反転して走り出した。逃げ足の速い男である。

「女、大事ないか」

右京は納刀しながら、板塀のそばにたたずんで顫《ふる》えている女のそばに立った。

色白のほっそりした美形である。蒼ざめた顔で右京を見上げ、

「あ、あの男が、急に言い寄ってきて……」

と、声を震わせて言った。

「気をつけるがいい。そこもとのような女子《おなご》のひとり歩きを見れば、妙な気をおこす男は多い」

右京はそれだけ言うと、きびすを返した。

「あのォ、お名前は」

女はすがるように右京の後を追ってきた。

5

蟬《せみ》しぐれが境内《けいだい》をつつんでいる。暑い夏の午後だが、深緑のなかを渡ってきた涼風は、心地よかった。本所番場町にある妙光寺という無住の荒れ寺である。

平兵衛は、殺しを請け負うと人気のないこの寺に来て、木刀や真剣を振ることが多かった。老体はいかんともしがたかったが、刀さばきと真剣勝負の勘ぐらいは取り戻そうとしたのである。

どういうわけか、平兵衛は気が乗らなかった。めずらしいことである。殺しを請け負った後はかならず、不安と焦燥《しょうそう》から必死になって振るのだが、どこか他人事のようで真剣になれないのだ。

それでも、小半刻（三十分）ほど振って一汗流したとき、

「旦那、やっぱりここで」

という声がし、山門をくぐる孫八の姿が見えた。

孫八は四十半ば、ひきしまった体の持ち主で動きも敏捷《びんしょう》だった。表向きは屋根《やね》葺《ふ》き職人ということになっていたが、匕首を巧みに遣い、島蔵の許《もと》で殺しに手を

染めている男だった。孫八は、平兵衛が殺しにとりかかるとこの寺に来て、体を鍛え直すことを知っていて足を運んできたようである。

「何の用だ」

平兵衛は手にした来国光を鞘《さや》に納めた。

「元締に、旦那の手伝いをするよう言われやしてね」

孫八はふところから手ぬぐいを出して、首筋の汗をぬぐった。陽差しのなかをだいぶ歩いたとみえ、腕まくりした半纏《はんてん》の肩口にまで汗が染みていた。

「辰次郎のか」

平兵衛は驚いた。まさか、辰次郎ひとりに三人がかりとは思ってもみなかったのだ。

「いや、あっしは辰次郎や菊水の身辺を調べるのが、役まわりで」

孫八は苦笑いを浮かべた。

「そういうことか」

平兵衛は、島蔵がほかの殺し屋がからんでいないかどうか、こっちで調べる、と言ったのを思い出した。どうやら、孫八にその役割を頼んだようである。

「それで、何か知れたか」

「へい、やはり辰次郎は菊水のところへ出入りしているようでして」

孫八は料理屋の下働きをしている男にあたったり、近所の飲み屋や一膳めし屋などをまわって聞き込んだという。

「針を遣うそうだが」

「辰次郎は畳職人だったようでして。畳針をさらに太く長くした物を三本ほど、ふところにしのばせているそうですぜ」

「刺すのか」

針を握って刺すなら、一本でいいはずだが、と平兵衛は思った。

「刺したり、投げたりするそうで」

「投げるのか」

手裏剣のように遣うのであろう、と平兵衛は推測した。

「野狐の異名《いみょう》だが、顔付きからきたものかな」

平兵衛が訊いた。異名はときとして、その者の性癖《せいへき》や身につけた特殊な技などを言い当てていることがあるのだ。

「顔付きが似てるわけじゃァねえようなんで。辰次郎が飲み屋の親父に、おれは化け狐よ、逆らうと取り憑《つ》いて殺すぜ、そう言ったらしいんで」

「取り憑いて殺すとな……」

執念深くつきまとって殺すということであろうか、平兵衛はいまひとつ腑に落ちなかった。

「それで、辰次郎のほかの殺し屋のことは知れたのか」

「それがまったく、姿が見えねえんで」

「菊水はどこかで会ってるはずだがな」

「そのあたりは、あっしも念を入れて探ってみたんだが、それらしいのはまったく……。ちかごろ、菊水のところへ姿を見せるようになったのは、女だけなんで」

「女……」

「へい、お定《さだ》というそうです。下働きの者の話じゃァ色っぽいいい女で、菊水の新しい妾《めかけ》じゃァねえかと言ってやしたが」

「殺しのような荒業をする女ではないということか……。孫八、もうすこし菊水と辰次郎を洗ってくれぬか。どうも、気がすすまぬ」

平兵衛はいつの仕掛けもことのほか慎重だった。相手のことを納得するまで調べ、殺れるという自信が持てるまで、手を出さない。一瞬の迷いやちょっとした手違いが思わぬ失敗につながる。この稼業は失敗が許されない。一度の失敗が己《おのれ》の命を奪うだけでなく、島蔵や他の仲間の命まであやうくするからである。

「承知しやした」

孫八もこの稼業の怖さは知っているので、急《せ》かせるような言葉は口にしなかった。

6

……これで、殺るのか。

平兵衛は、細い竹串を手にしていた。長屋の仕事場で竹を削り、辰次郎が武器にしているという針に似せて作ってみたのだ。七寸ほどの細い竹串の先をとがらせただけのものである。

……辰次郎はこれを投げるというが。

たいした威力はない、と平兵衛は思った。たとえ、首筋に刺さったとしても太い血管でも破らねば、簡単には死なぬという気がしたのだ。

「あら、父上、なにを作ってるの」

屛風の上からまゆみが覗き込んだ。

「い、いや、耳掻《みみか》きでもと思ったのだが、うまく作れぬ」

慌《あわ》てて言うと、平兵衛は手にした竹串を折った。

「耳掻きなら、どこかにあったけど」

「いや、いい。……いまでなくともいいんだ」

平兵衛は、部屋の隅の小簞笥《こだんす》の方へ行きかけたまゆみをとめた。小簞笥の引き出しを鋏《はさみ》や硯《すずり》などの日常品の小物入れに使っていたのだ。

まゆみは、そのまま屛風の向こうに座り、いっとき黙っていたが、ねえ、父上、と小声で言った。何か思いつめたようなひびきがある。

「どうしたな」

平兵衛は、研ぎ桶《おけ》の前に座ったまま訊いた。水を入れていない桶の底に、さっき削った竹片が落ちていた。まゆみが屛風の向こうで話しかけたのは、顔を見られたくないという気持ちがあるためらしい。

「片桐さんのことだけど、あの人、奥さまがいるのかしら」

まゆみの声には、うわずったようなひびきがあった。

右京はときどき庄助長屋にも顔を出し、まゆみとは顔馴染みであった。御家人で刀槍の蒐集家《しゅうしゅうか》ということになっていて、まゆみの前ではそのとおり振る舞っている。

まゆみは、端整な顔立ちでやさしい物言いの右京を好いているようだが、心の内にしまい込み、右京にはそれらしい素振りも見せなかった。

「いや、独り者のはずだが」

平兵衛は、さっきの竹串を手のなかでポキポキと折りながら答えた。

「あたし、片桐さんを見かけたの」

「どこで」

「八幡さまの門前を綺麗な女の人といっしょに歩いていたから、奥さまかと……」

うつむいたらしく、急にまゆみの声が細くなった。

「若い町娘か」

平兵衛の頭に近江屋の娘のことが浮かんだ。

「ちがいます。……年増の方」

「年増、聞いた覚えはないな。……だが、片桐さんは独り者だし、好いた女がいる様子もないぞ」

平兵衛は右京が女に対して心を閉じていることを知っていた。心を通わせあった雪江という許嫁《いいなずけ》が剣術道場の同門だった男に凌辱《りようじよく》され大川に身を投げたことが、右京の心を深く傷つけた。殺しに手を染めるようになったのも、その悲劇が原因だったのである。

「そうかしら……。なんだか、仲がよさそうに見えたけど」

まゆみは急に立ち上がると、父上、夕餉には好物の鰯《いわし》を焼きますからね、とつっけんどんに言った。まだ、疑念は晴れないらしい。

夕餉のとき、焼き魚をつっつきながら、

「まゆみ、片桐さんは許嫁を亡くしたばかりでな、他の女に心を寄せることなどあるまいよ」

平兵衛は、許嫁が凌辱されたことや大川に身を投げたことにはふれず、簡単に右京のことを話した。むろん、殺しのことはおくびにも出さなかった。

「まァ」

まゆみは箸《はし》をとめ、目を剝《む》いたまま聞いていた。箸先が震えている。まゆみの体のなかで、哀憐、困惑、安堵……、いろんな感情がうずまいているようだった。

それから三日後、平兵衛は妙光寺で孫八と会った。

「旦那、辰次郎のほかに殺し屋らしいのは見当たらねえんで」

孫八は汗をふきふき困惑したような顔で言った。

「うむ、元締の思い過ごしかもしれんな」

孫八の探索や調べは、岡っ引きなどより確かである。その孫八がこれだけ探って分からないとなれば、辰次郎のほかに殺し屋はいないのかもしれない。

「それに、うかうかしてると片桐さんが仕掛けるかもしれませんぜ」

孫八は、右京が辰次郎の後を尾けているのを目撃したと言い添えた。

「そうか。……ところで、片桐さんが粋な年増と逢ってるそうだが、相手はだれか知ってるかね」

平兵衛は、まゆみが話していたことが気になっていた。

「知らねえが、片桐さんに訊いてみましょうか」

孫八は怪訝《けげん》な顔をした。孫八も右京が女に淡泊なのを知っているのだ。

「いや、いい」

「どうしやす」

孫八が訊いた。

「そろそろ仕掛けるか」

平兵衛は、潮時だと思った。

「それじゃァ、まず、辰次郎の面をおがんでもらいますぜ」

「そうしよう」

「明日、下谷で」

そう言い置くと、孫八は小走りに山門をくぐった。

孫八の後ろ姿が杜の緑陰のなかに消えると、平兵衛は己の手を顔の前でひろげて見た。

……どうしたことであろう。

平兵衛の手は殺しを意識すると震え出すのだが、まったく震えていないのだ。心の昂《たか》ぶりも不安もない。己の心が、まだ、殺しは早い、と訴えているのである。

……だが、これ以上待ってもしかたがない。

平兵衛は仕掛けるつもりでいた。

7

料理屋の菊水は、ひっそりとしていた。まだ暖簾は出ていなかったが、店の前には打ち水がしてあり、植え込みなどもあって落ち着いた雰囲気がただよっている。店構えは大きくなかったが、敷地は広く離れもあるらしかった。

平兵衛と孫八は、菊水の斜向《はすむ》かいの空地にいた。夏草が腰あたりまで伸び、かがみ込んだふたりの姿をおおい隠してくれた。

「辰次郎は、三月《みつき》ほど前から店に住みついているようで」

孫八の話によると、店の使用人とは別に奥の座敷に寝泊まりしているとのことだった。

「出てくるか」

「へい、ここ二、三日、八ツ（午後二時）を過ぎると、深川の方へ足をむけてますんで」

「そうか」

平兵衛は辰次郎の後を尾けて、機会があれば仕掛けようと肚《はら》をかためていた。

そこにひそんで半刻（一時間）ほどしたとき、菊水の店先から遊び人ふうの男がひとり出てきた。

「やつだ」

と、孫八が小声で言った。

剽悍そうな面構《つらがま》えの男だった。雪駄履きで肩を振るように歩いているが、敏捷そうで度胸もありそうである。

……だが、恐れるような男ではない。

と、平兵衛は直感した。

「どうです、旦那」

孫八が訊いた。

「殺《や》れそうだが……」

平兵衛は、この相手なら孫八にも仕留められるだろうと思った。ただ、疑念もあった。黒田仙次郎が針で殺られているのも確かなのだ。それに、辰次郎が、取り憑いて殺す、と口にしたことも気にかかっていた。何か特殊な殺害方法を秘めているのかもしれない。

ふたりは一町（約百九メートル）ほども距離を置いて、辰次郎の後を尾けた。平兵衛は茶の袖無しにかるさん、腰に来国光一本だけを差し、手に貧乏徳利《どっくり》をさげていた。酒でも買いに出た武家の楽隠居といった風体である。孫八は半纏に股引という屋根葺き職人の身装《みなり》で、平兵衛からすこし離れて尾けていく。

辰次郎は御成《おなり》街道から神田川沿いの道へ出て東に歩き、両国橋を渡ると大川沿いを深川へとむかった。

いずれも通行人の多い大通りで、尾行は楽だったが、殺しを仕掛けるような機会はまったくなかった。

その日、辰次郎は近江屋からすこし離れた路傍《ろぼう》で店の様子をうかがっていたが、何もせずに下谷へもどった。娘を勾引《かどわか》すつもりで来たが、右京の姿でも見かけて思いとどまったのかもしれない。

「また、明日だな」

平兵衛が言った。孫八は無言でうなずく。

殺しの仕事に焦《あせ》りは禁物である。二か月でも三か月でも、その機がくるまで待たねばならない。

翌日、ふたりは見張りの場所を菊水からすこし離れた一膳めし屋の店内に変えた。菊水の前の通りしか見えなかったが、酒をちびちびやりながら辰次郎が通るのを待った。その日、辰次郎は、下谷広小路《ひろこうじ》の雑踏のなかをぶらぶら歩いただけで、深川へも足を運ばなかった。

平兵衛と孫八が張り込んで四日目だった。その日、辰次郎はいつもより遅く八ツ半（午後三時）ごろ、菊水を出た。

「やろう、深川へむかいますぜ」

平兵衛の後ろにいた孫八が入れ替わるように前に出るとき、小声で言った。

孫八の言うとおり、辰次郎は両国橋の東の橋詰から右手にまがり、竪川にかかる一ツ目橋《ひとつめばし》を渡った。大川沿いの道を南にむかえば深川である。

辰次郎はぶらぶらと大川端を深川にむかって歩いていく。やがて、辰次郎は今川町へ入り、仙台堀沿いの道を東にむかった。その道の先に、近江屋がある。

辰次郎は近江屋の前を通り過ぎ、一町ほど離れた堀沿いの柳の樹陰に身を寄せた。すぐに、平兵衛と孫八もちかくの仕舞屋の板塀の陰にひそんで、辰次郎の様子をうかがう。

陽が西にかたむき、仙台堀の川面が夕焼けを映して揺れていた。ときどき、猪牙舟が通り、水面を左右に割って茜色《あかねいろ》を消していく。堀端の通りを、仕事を終えたぼてふりや大工らしい男、半纏姿の船頭などが足早に行き来している。

……妙だな。

と、平兵衛は思った。

辰次郎が身をひそめた場所は近江屋から離れ過ぎていて、出入りする者を識別するのもむずかしい。それに、辰次郎は斜向かいのそば屋に目をむけることが多く、近江屋には注意を払っていないように見えた。

しばらくして、そば屋から武士が姿をあらわした。右京である。右京はそば屋から出ると、ゆっくりした足取りで、近江屋の方へむかった。

そのときだった。そば屋のとなりの下駄屋の店先にいた女が右京のそばに走り寄り、何やら声をかけた。

格子縞の小袖に薄紅色の帯、ほっそりとした年増である。

……あの女だ！

平兵衛は直感した。まゆみが、右京といっしょに歩いているのを見たと言っていた女にちがいない。

右京は女と二言《ふたこと》三言《みこと》かわしたようだったが、きびすを返すと先に立って歩きだした。その後ろを、女が跟《つ》いていく。夫婦には見えないが、わりない仲のように見える。

右京と女は堀端の道を東にむかっていく。ふたりが半町ほど離れたとき、辰次郎が樹陰から出てふたりの後を尾けはじめた。

その後ろ姿に緊張があった。足取りにも、獣《けもの》が獲物を追うような慎重さがある。

……やつは、右京を狙っている！

平兵衛の胸の鼓動が激しくなった。

8

陽が家並のむこうに沈み、軒下や物陰などに夕闇が忍んできていた。堀端の道には、ぽつぽつと家路を急ぐ人影があった。通りに面して町家がつづき、妙に甲《かん》高《だか》い女の声や子供の笑い声などが聞こえてきた。逢魔《おうま》が刻《とき》と呼ばれるころである。

辰次郎が右京と女の後を尾け、さらにその後ろから平兵衛と孫八が尾けていく。

……辰次郎は、どうやって殺る気だ。

平兵衛は、辰次郎の針で右京が斃せるとは思わなかった。

だが、辰次郎は右京を狙っている。その後ろ姿には獲物を追いつめていくような緊迫感があった。

やがて、右京と女が海辺橋のたもとを右手にまがったらしく、その姿が消えた。するど、辰次郎が走りだした。平兵衛と孫八も走る。

正覚寺前の通りは寺をかこった杜のせいか、夕闇が濃かった。すでに、右手の表店も雨戸をしめ、町筋はひっそりとしていた。

薄闇のなかに右京の後ろに跟いた女の首筋が、白く浮き上がったように見えていた。妖艶《ようえん》な女である。

そのとき、平兵衛の胸にひらめくものがあった。

……あの女ではあるまいか！

平兵衛の脳裏で、妖艶な女と殺し屋が重なったのである。孫八の話では、お定という色っぽい女が菊水に出入りするようになったという。

菊水の別の殺し屋が、女とすれば納得できるのだ。

「孫八、お定という女を見たのか」

後ろを振り返って訊いた。

「いえ、あっしが菊水を見張るようになってから姿を見せなかったもんで」

孫八は首を横に振った。

「そうか……」

あの女が、お定かどうか分からなかったが、辰次郎と同様、右京の命を狙っているのはまちがいないような気がした。

平兵衛の手が激しく震えだした。長年殺しに手を染めてきた平兵衛の勘である。手強《てごわ》い相手が身近に迫っていることを告げているのだ。

「見ろ、孫八」

歩きながら、すぐ後ろにいる孫八に片手をひらいて、その震えを見せた。殺しを意識し、真剣勝負を直前にした緊張と怯えで胸がつまりそうだった。

「旦那、それで、殺れますかい」

孫八は不安そうに眉根を寄せた。孫八は殺しの直前に、平兵衛の体が震えだすのを知っていたが、そう訊かずにはいられなかったのだ。

「おれにはこれがある」

平兵衛はさげていた貧乏徳利を持ち上げた。

歩きながら、一合ほど一気に飲んだ。さらに、徳利をかたむけ五合ほど飲むと、体中に酒がまわってきた。

すると、平兵衛の胸から怯えや緊張が霧散し、萎《な》えていた草木が水を得たように血潮が満ち、剣客《けんかく》としての自信と覇気がもどってきた。

……斬れる。

と、平兵衛は胸の内でつぶやいた。このために、徳利に酒を入れて持参したのである。

そのとき、ふいに辰次郎が走りだした。先を行く右京と女が寺院をかこった黒板塀の角をまがったのである。平兵衛と孫八が追う。

平兵衛たちが角をまがったとき、ちょうど右京と女がたちどまり、背後から駆け寄る辰次郎に目をむけたところだった。そこは寺の参道の一部にもなっているらしく、樹陰で暗いが広くなっていた。

「辰次郎か」

右京の声が聞こえた。腰の刀に手をのばし、抜刀体勢をとっていた。女が怯えたような顔をして、右京の背後にまわり込もうとしている。

「片桐、てめえの命はおれがもらったぜ」

辰次郎がふところから、何かをつかみだした。針であろう。

と、右京の背後にまわった女が右手を上げたらしく、袖口から覗いた白い腕が夕闇に浮かび上がった。平兵衛の目に、女が島田髷から何かを引き出したように見えた。

……黒田を刺したのは、あの女だ！

と平兵衛は直感した。

右の耳下の首筋の刺し傷は、正面からのものではない、背後から、右手に持った針で刺したものだ、と気付いたのだ。

「右京、女だ！」

平兵衛が絶叫した。

9

右京は背後を振り返りざま、左手に飛んだ。女の異様な気配を察知したのである。

振り上げた女の右手に、鈍くひかる物があった。長い針である。

右京はすべてを察知した。辰次郎と女が組んで仕掛けたのである。女はお峰《みね》と名乗っていた。この場所でお峰を辰次郎から助けたのも、ふたりの仕組んだものであろう。

その後、お峰は何かと口実をもうけて、右京に近付いてきた。今日も、下駄屋の前で偶然出会ったような素振りをして、怖いから住居のちかくまで送って欲しいとせがんだのだが、それも隙《すき》を見て背後から針で刺すためなのだ。

「ちくしょう！　もうすこしだったのに」

お峰が、ひき攣《つ》ったような声を上げた。

細面《ほそおもて》の白い顔が、薄闇に浮き上がっていた。目をつり上げ、血を含んだように唇が赤く濡れている。その凄艶な顔は妖狐《ようこ》のようであった。

「女、名は」

右京が訊いた。お峰というのは、偽名のはずだ。

「お銀《ぎん》。白狐のお銀だよ」

肌の白さと狐のように相手を誑《たぶら》かすことからきた異名であろう。

「そうか、お銀、女だろうと容赦はせぬぞ」

右京は切っ先をお銀にむけた。めずらしく、双眸《そうぼう》が怒りに燃えている。

平兵衛は辰次郎にむかって走った。老齢とは思えぬ動きだったが、足は孫八の方が迅《はや》い。

孫八は辰次郎の脇を走り、辰次郎の背後にまわり込んだ。辰次郎は逃げなかった。お銀を見捨てて逃げられなかったのかもしれない。走り寄る平兵衛に相対し、左手に持った針を一本右手に持ち替えた。

「辰次郎、近江屋の娘に手をだしたのは、わしらを始末するためだな」

平兵衛は、島蔵の許にいる殺し屋をひとりひとりおびき出すために、近江屋に手を出したのだろうと推測した。

「そうよ、片桐の次はおめえの番だったが、三人いっぺんに食いついてくるとは思わなかったぜ」

辰次郎は血走った目で睨みながら、右手を振り上げた。手裏剣のように投げるようだ。

「取り憑いて殺すのは、お銀か……」

平兵衛はつぶやきながら来国光を抜いた。辰次郎が相手の気を引き、お銀が黒子のように相手の背後に取り憑いて殺すのであろう。

「てめえのような年寄りなら、おれひとりでも殺れるぜ」

辰次郎はジリジリと背後へ下がりながら、左手を右手に近付けた。間を取って、連続して針を投げる気らしい。

「地獄の鬼に、投げ針などつうじぬ」

平兵衛は全身に気勢をみなぎらせ、刀身を左肩に担ぐように逆八相に構えなおした。必殺剣「虎の爪」の構えである。

虎の爪は逆八相から一気に間合《まあい》に入り、袈裟《けさ》に斬り落とす刀法である。この構えは右腕が首を巻くような格好になる。辰次郎の針は首筋を狙えなくなるはずだ。

「いくぞ」

言いざま、平兵衛は疾った。

「やろう！」

辰次郎が針を放った。

顔だ！　辰次郎は首ではなく、顔面を狙って針を投げてきた。咄嗟に、平兵衛は右手を上げて顔面をおおう。わずかな疼痛《とうつう》が右の二の腕に走った。針が当たったらしい。

だが、平兵衛は寄り足をとめなかった。辰次郎が二本目を投げようと右腕を振り上げたとき、平兵衛は斬撃《ざんげき》の間に入っていた。

イヤアッ！

裂帛《れっぱく》の気合とともに、平兵衛は逆袈裟に斬り落とした。

ズン、という重い手応えがあった。凄まじい斬撃だった。右の肩口から入った刀身は、辰次郎の鎖骨《さこつ》と肋骨《あばらぼね》を截断《さいだん》して左脇腹に抜けた。

辰次郎はのけ反《ぞ》り、血煙を上げながら倒れた。悲鳴も呻《うめ》き声も聞こえなかった。即死である。仰向《あおむ》けに倒れた辰次郎の胸部が大きく裂け、ぱっくりとひらいた傷口から截断された肋骨が巨獣の爪のように覗いていた。こうした傷口を生ずることから、この太刀は虎の爪と呼ばれているのである。

平兵衛は荒い息を吐きながら、右京の方に目をやった。

右京が踏み込み、お銀の胸元を突いたところだった。いっとき、ふたりは立ったまま抱き合ったような格好で動きをとめていた。右京の肩口からお銀の苦痛にゆがんだ顔が見えている。

「ち、ちくしょう……」

お銀は右京の首筋を刺そうと、針を握った右手を振り上げたが、その手が虚空で震え、だらりと右京の背中の方へ落ちてしまった。

お銀は両手を右京の肩口にまわしたままぐったりとなった。絶命したらしい。

右京の刀身は、お銀の心ノ臓を貫いたのであろう。

右京が後ろに下がりながら刀身を引き抜くと、お銀は腰からくずれるようにその場に倒れた。

「終わったな」

平兵衛が右京の方に歩を寄せた。孫八もふたりの方へ走ってきた。

「女は怖い……」

ぽつりと、右京が言った。その白皙に憂いの翳が掃《は》き、切れ長の目に物悲しそうな色があった。

「なに、女もいろいろさ」

平兵衛はまゆみのことを思い浮かべていた。夜叉《やしゃ》のような女もいれば、菩薩《ぼさつ》のような娘もいる、と胸の内でつぶやき、針の刺さった二の腕をさすった。かすかな痛みはあったが、たいした傷ではない。

妖異《ようい》　暗夜剣《あんやけん》

1

障子《しょうじ》の間から、大川を下って行く屋形船が見えた。船の軒下《のきした》につるした提灯《ちょうちん》が川面《かわも》に映じ、夜陰を華やかに染めている。哄笑《こうしょう》や唄声、三味線《しゃみせん》の音などが、遠くさんざめくように聞こえてきた。

安田平兵衛は笹屋の二階から、大川に目をやっていた。笹屋は小名木川にかかる万年橋のたもとにあるそば屋である。万年橋は大川にもちかく、笹屋の二階からは大川の川面が正面に見える。

障子の間の視界から屋形船が消えると、大川は夜陰につつまれ、日本橋の対岸の灯《ひ》がかすかに見えるだけになった。さっきまで聞こえていた賑やかな哄笑や唄声なども消え、障子の外は夜の静寂につつまれている。

そのとき、階段を上る複数の足音がし、平兵衛は障子をしめた。

「待たせちまったようで」

障子があき、座敷の行灯《あんどん》の灯に目のぎょろりとした赤ら顔の男が浮かび上がった。島蔵である。

平兵衛は島蔵に呼び出されてこの店に来ていたのだ。その島蔵の背後に、若侍の姿があった。片桐右京である。右京は、目礼しただけで無言のまま座敷に入ってきた。端整な白皙《はくせき》に行灯の灯が映じて、一瞬舞台の役者のような凄艶《せいえん》さがただよった。

「店先で、片桐さんといっしょになりましてね」

そう言いながら、島蔵は平兵衛の前に腰を下ろした。

三人そろうと、店のあるじの松吉が顔を出し、あらためて挨拶した後、女中が酒肴《しゅこう》を運んできた。笹屋は島蔵の馴染みの店で、ときどき余分の金を渡していることもあって、扱いはていねいである。

「さて、話を聞かせてもらおうか」

杯《さかずき》を干したところで、平兵衛が切り出した。

用件は分かっていた。島蔵がこの店に呼び出すときは、殺しの依頼と決まっていたからである。

「依頼は、深川佐賀町の富田屋《とみたや》さんでして」

島蔵は声を低くして言った。

店の者は酒肴を運べば、島蔵から声がかかるまで座敷に近付かないことになっていたが、殺しの話をするときは自然と声が低くなる。

「油問屋の富田屋か」

平兵衛が訊《き》いた。干鰯《ほしか》や魚油などを扱う問屋としては、深川はもとより江戸でも名の通った大店《おおだな》だった。

「へい、あるじの勝蔵《かつぞう》さんからの依頼でして」

「それで、相手は」

平兵衛はよほどの相手であろうと推測した。裏の伝でひそかに接触してきたのであろうが、富田屋ほどの大店のあるじが、直接殺しの依頼をしてきたというのである。

「武州牢人《ろうにん》、平塚源九郎《ひらつかげんくろう》」

「平塚……」

初めて耳にする名だった。平兵衛が右京に目をやると、微笑しただけで首を横に振った。右京も知らないということらしい。

「それで、富田屋はなぜ平塚を」

　相手が牢人となると、商売上の確執ではないだろう。

「強請《ゆすり》だが、途方もない話なんで」

　島蔵によると、吉助《よしすけ》という丁稚《でっち》が店先に水を撒いていたとき、あやまって平塚の袴《はかま》に水をかけてしまったという。烈火《れっか》のごとく怒った平塚はあるじと談判すると言って、そのまま店に上がり込み、袴代を出せと脅《おど》した。

「そやつ、わざと水にかかったのではないか」

　平兵衛は顔をしかめて言った。食いつめ牢人が、商家に言いがかりをつけて金を脅し取る常套《じょうとう》手段である。

「富田屋さんも、そう思ったらしく、二朱《しゅ》ほどつつんで平塚に渡したらしいんで。ところが、平塚はその金を放り投げ、おれの袴はたったの二朱か、と怒鳴り、武士として愚弄《ぐろう》されたうえは、百両出さねば貴様を斬ってこの場で自害すると言い出したそうで」

「百両！」

　なるほど、途方もない話である。食いつめ牢人の強請にしては、あまりに高額過ぎる。

「その場は一両だけ渡して、何とか引き取ってもらったそうだが、平塚はその後も連日店に来て金を要求したらしいんで」

困り果てた富田屋は、ときおり店に顔を出す亀吉《かめきち》という岡っ引きに袖《そで》の下を渡して、始末を頼んだという。

「ところが、それっきり亀吉の行方《ゆくえ》が分からなくなっちまったらしいんで。……平塚は暗に亀吉を始末したことを臭わせ、二百両につり上げたとか。それで、富田屋さんは怖くなって、おれのところへ」

「二百両だと……」

いかに大店とはいえ、それだけのことで二百両も払う者はいない。強請というより、強奪である。腹をへらした牢人の強請とはちがうようだ。何か他の目的があるのかもしれない。

「それで、平塚を斬って欲しいということだな」

脇で聞いていた右京が抑揚《よくよう》のない声で言った。

「まァ、そうで。……ただ、条件がありやして、ここ一月《ひとつき》の間に殺《や》って欲しいんで」

「期限を切ってきたのは」

「平塚が一月の間に金を渡さねえと、店もあるじの命もどうなるかわからねえと脅したそうで」

「一月な」

平兵衛は気が進まなかった。平塚の途方もない強請の目的が腑《ふ》に落ちなかったし、一月の期限を区切られたことが、重荷だったのである。平兵衛は、殺しを請《う》け負《お》うと徹底的に相手の腕や動向などを探り、斬れると踏むまでは実行しなかった。殺し屋として長年生きてこられたのは、その慎重さがあったからでもある。

まだ、平兵衛は平塚のことを何も知らなかった。一月で平塚のことを熟知し、殺しを仕掛ける自信がなかったのである。

「安田さん、どうする」

右京が訊《き》いた。

「わしは気が進まぬが」

「たいした相手とは思えぬ。おれは受けてもいいが」

涼しい顔で、右京は言った。

おそらく、右京は剣の遣《つか》い手《て》なら商家を脅して金を強請るような真似はしないと踏んだのであろう。

「では、今度の仕事は片桐さんにまかせよう」

そう言うと、平兵衛は膳の杯に手を伸ばした。

平兵衛は、右京ならひとりでも遅れを取るようなことはあるまいと思った。右京は鏡新明智流の遣い手だった。しかも、このところ殺しの場数も踏んできて、凄味《すごみ》を感じさせるほどの腕の冴《さ》えを見せるようになってきたのである。

2

「それほどの腕とは思えぬ」

右京は、富田屋の店先から出て来る平塚の姿を目にして、そう思った。

右京が平塚を見るのは、これで三度目だった。殺しの依頼を受けた翌日から右京は富田屋の店先を見張り、その日のうちに大柄な牢人体《てい》の男が店から出て来るのを目にし、手代にそれとなく訊いて平塚であることを知った。

平塚は巨漢のうえに無精髭《ぶしょうひげ》が伸び、いかにも無頼牢人といった感じのいかつい面構《つらがま》えの男だった。ただ、武芸で鍛えた体ではなく、贅肉《ぜいにく》が多く、腰も据わっていなかった。

平塚は狡猾《こうかつ》で執拗《しつよう》な男らしかった。陽が西にかたむくころになると連日のように富田屋にあらわれ、無言で店内を見まわし、うす嗤《わら》いを浮かべて去るという。それが、下手な脅し文句を並べるより強い恫喝《どうかつ》となり、恐怖心を生むことを知っているのであろう。

右京は、平塚の後を尾《つ》け始めた。

暮れ六ツ（午後六時）ちかくであろうか。通りの家並を暮色がつつみ始め、ハタハタと雨戸の閉まる音が聞こえてきた。

店を出た平塚は、大川端を両国方面へむかって歩いて行く。

通りの左手は大川の川面がひろがっていた。西の空の残照が川面を淡い鴇色《ときいろ》に染め、屋形船や屋根船などがゆっくりと上下している。船の提灯が点《とも》り、船内から笑い声や手拍子などが流れの音に混じって聞こえてきた。通りには、ぽつぽつと涼み客の姿があった。子供のうわずった声や、浴衣《ゆかた》姿の町娘や団扇《うちわ》を手にした若い者などの浮き立った声があちこちで聞こえる。

右京は飄然《ひょうぜん》と歩いていた。海老茶《えびちゃ》の単衣《ひとえ》を着流し、大刀を一本落とし差しにしている。懐手《ふところで》をして歩く姿は、飄客《ひょうかく》のようにも見えた。

前方に仙台堀にかかる上ノ橋《かみばし》が見えてきた。通りは夕闇につつまれ、人影もまばらになってきていた。上ノ橋を渡り、清住町へ入るとさらに闇は濃くなり、右手の家並から洩《も》れる灯が路上にうすいひかりを投げていた。左手は大川である。右京は平塚との間をつめた。この先に寺と大名の下屋敷があって、杜《もり》と築地塀《ついじべい》がつづいている。

……そこで、仕掛けよう。

と、右京は思ったのである。

やがて、前を行く平塚が築地塀と松や杉などの樹陰につつまれた寂しい通りへ入った。左手の川面を華やかな提灯につつまれた涼み船が行き来しているが、薄暗い通りとは別世界のように見えた。

右京は走った。

その足音に気付いたらしく、平塚が立ち止まって振り向いた。巨体と髭面が、川面を過ぎる船上の提灯にぼんやりと浮かび上がった。

「おれに何か、用か」

平塚が胴間声《どうまごえ》を上げた。

「死んでもらう」

右京はつぶやくような声で言った。

平塚との間は五間《けん》（約九メートル）の余。右京は鯉口《こいぐち》を切り、柄《つか》に右手を添えたままつかつかと歩み寄った。

「おぬし、地獄屋の者だな」

平塚はそう言うと、後じさりながら右手の細い路地に目をやった。

路地の先の闇のなかに提灯の灯があり、揺れていた。

……だれか来る！

人影は見えなかったが、疾走してくるような足音が聞こえた。闇のなかに獣《けもの》が獲物に迫るような気配があった。平塚を見ると、髭面に嗤いが浮いている。

……仲間か。

右京は察知し、抜刀した。

すぐに、提灯の灯が迫り、路地から大川沿いの通りへ出た。黒装束《くろしょうぞく》らしく闇に溶け、灯のむこうにかすかな黒い影が見えるだけだった。ずんぐりした小柄な男のようである。

男との間合はおよそ三間（約五・五メートル）、まだ刀も抜いていなかった。男の立った闇のなかに異様な気配があった。このまま飛びかかってくるような気配である。

「何者だ」

右京が誰何《すいか》したが、男は無言だった。

そのとき、突如、男が提灯を川岸の方へ投げた。明りが右京の視界をよぎり、川岸の叢《くさむら》のむこうへ消えた。

フッ、と闇があたりをおおった。明りが消えた瞬間の濃い闇が、右京の視界をとざした。

刹那《せつな》、痺《しび》れるような殺気が夜気を裂いた。

……見えぬ！

右京は思わず背後に身を引いた。咄嗟《とっさ》に男との間合《まあい》を読み、斬撃《ざんげき》の間の外に我が身を置いたのである。

次の瞬間、シャッ！　という鞘走《さやばし》る音とともに、右京は黒い疾風《はやて》が眼前に迫るのを感じた。同時に、左脇腹に焼き鏝《ごて》を当てられたような衝撃がはしった。

頭のどこかで、逃げねば、と思い、川岸の方へ跳んだ。

迅《はや》い！　黒い人影が獣のように疾走してきた。右京は川岸へと逃げる。

ヤアッ！

猿声《えんせい》のような気合とともに、敵の刀身が半弧を描いて右京の首筋へ。

一瞬、右京は大きく右手へ跳んだ。体が空を飛び、川岸から離れ、葦《あし》の葉先をかすめて川面へ落下した。

水深は太腿《ふともも》ほど。右京は水を分けて懸命に川下へむかった。

しばらく、平塚と黒装束の男は岸辺沿いを追ってきたが、清住町の町家のつづく通りまで来ると涼み客の姿があり、諦《あきら》めたらしく両国の方へ引き返していった。

右京は上ノ橋ちかくの桟橋《さんばし》にはい上がった。それほどの痛みはなかったが、着物の脇腹のあたりがどっぷりと血を吸っていた。だが、深手《ふかで》ではない。皮肉を裂かれただけで、臓腑《ぞうふ》には達していないようである。右京が脇腹を押さえて歩きだすと、男とやり合ったときのことがよみがえってきた。

……なぜだ！

右京は不可解だった。

提灯の明りが消えた瞬間、男の姿は闇のなかに隠れた。そのため、構えも太刀筋も見えなくなった。だが、気配から男との間合だけは読めた。

男が抜刀し斬り込んできた瞬間、右京は斬撃の間の外にいると読んでいたのだが、その切っ先が腹部へとどいたのである。

……妖異な剣だ！

右京は身震いした。全身に鳥肌がたっている。

3

平兵衛は床几《しょうぎ》に腰を下ろすと、踏まえ木を足で押さえて錆《さ》びた刀身を砥石面《といしめん》にあてた。研《と》ぎ桶《おけ》から水を垂らして、体の重心をかけて研ぎ始める。ひと研ぎごとに赤茶けた錆《さび》が砥面に流れ出し、刀身の地肌が姿をあらわしてくる。

……まるで、女子《おなご》が素肌をあらわすようだ。

美しい、と平兵衛は思う。

平兵衛は還暦まで、あと二年の老齢だった。長い間、殺し屋として生きてこられたのは、研ぎ師としてのもうひとつの顔があったからかもしれない。刀を研いでいるときは無心になれ、人を斬殺する恐怖や罪悪感から解放される。他の殺し屋が酒や女におぼれ、無理な仕掛けで返り討ちにあったり、荒《すさ》んだ暮らしに体をこわして死んだりするなかで、平兵衛だけは研ぎ師として質素な暮らしをつづけてこられたのだ。

平兵衛が半刻《はんとき》（一時間）ほど研いだとき、表の方で下駄の音がし、慌《あわ》ただしく障子《しょうじ》があいた。ひとり娘のまゆみである。夕餉《ゆうげ》の惣菜を買いに出てもどったのである。女房のおよしが死んでから、家事は十七になるまゆみが一手に引き受けてくれていた。

「父上、辻斬りが出たらしいですよ」

上がり框《がまち》のところに立ったまま言った。

「どこかな」

平兵衛は研ぐ手をとめて訊いた。

「竪川縁《べり》です」

平兵衛の住む庄助長屋は竪川縁の道からすこし路地を入ったところにあった。土間の隅にある流しの方で、水を使う音がした。まゆみが夕餉の支度を始めたらしい。

「だれか、殺されたのか」

あるいは、近所の者かもしれぬ、と平兵衛は思った。

「富田屋の番頭さんらしいですよ」

「富田屋……」

平兵衛の脳裏を、平塚の殺しのことがよぎった。笹屋で、島蔵から話を聞いて十日ほど経《た》つ。何か、新たな動きがあったようである。

「何か盗られたのか」

平兵衛は、研ぎかけの刀身を脇において立ち上がった。

「さァ、あたし、通りかかって話を聞いただけだから……」

まゆみは、へっついの前にかがみ込んで火を焚《た》きつけていた。吹竹《ふきだけ》を手にして、目をこすっている。ちょうど、白煙が上がり始めたところだった。

「ちかくなのか」

平兵衛は様子を見てこようかと思った。

「二《ふた》ツ目橋《めばし》のそばです」

二ツ目橋は竪川にかかる橋である。長屋から二町（約二百十八メートル）ほどしかなかった。

「様子を見て来る」

平兵衛が上がり框から下りると、

「あら、駄目ですよ。今夜は、父上の好物の鰯《いわし》を焼きますから、家にいてください」

まゆみが、慌てて言った。

「すぐ、もどる。鰯が焼けるころまでにはな」

そう言い置いて、平兵衛はおもてへ出た。

竪川縁は夕闇につつまれていたが、まだ人通りはあった。家路を急ぐ出職の職人やぼてふりなどが、急ぎ足で行き交っている。

二ツ目橋のたもとに、男たちが立っていた。町方の手先らしい男がふたり、船頭が三人いた。

「このあたりで、人が殺されたそうで」

平兵衛は、ひとり離れた場所に立っていた船頭らしい男に声をかけた。

「おめえは」

男は不審そうな顔をして平兵衛を見た。

「ここへ来る途中、死骸《ほとけ》を見たって耳にしたもんで……」

平兵衛は目をしょぼしょぼさせながら言った。着古した筒袖《つつそで》にかるさん。すこし背筋のまがった姿は、どこから見ても頼りなげな老爺《ろうや》である。

「爺《じい》さん、よけいなことに首をつっ込まねえで、帰った方がいいぜ」

男の口元に嘲笑《ちょうしょう》が浮いた。通りすがりの野次馬とでも思ったようだ。

それでも、平兵衛が訊くと、簡単に様子を話してくれた。

殺されたのは房蔵《ふさぞう》という富田屋の番頭だという。房蔵は掛け金を取りに緑町へ行き、その帰りに襲われたようだ。斬殺されて、集金した七十両ほどを奪われたらしいという。

「死骸がねえようだが」

平兵衛は斬り口を見てみたいと思った。辻斬りの武器と腕のほどを知ることができる。

「もう、ここにはねえぜ」

男によると、死骸は町方の手で番屋に運ばれたという。

平兵衛がそれとなく斬り口を訊くと、刀で腹を一太刀に斬られたらしいことが分かった。

平兵衛は男に礼を言って、その場を離れた。それ以上、訊くこともなかったのである。

長屋にもどると、腰高障子《こしだか》の隙間《すきま》から白煙がもれ、鰯の焼けるいい匂いがした。ちょうどいいところへ、もどったらしい。

4

平兵衛は極楽屋の縄暖簾《なわのれん》をくぐった。うす暗い店内は、がらんとして客の姿はなかった。平兵衛が飯台《はんだい》の空樽《あきだる》に腰を下ろすと、調理場から島蔵が出てきた。料理の仕込みでもしていたのか、前掛けで手を拭きながら近寄ってきた。

「旦那、すまねえ」

めずらしく、島蔵は困惑したような顔をしていた。

「なに、おれも様子を聞きたいと思っていたところさ」

今朝方、島蔵の手下が長屋にあらわれ、平兵衛に紙片を手渡して去った。それには、二十三夜、とだけ記してあった。二十三は、五《ご》、九《く》、九《らく》。つまり、極楽屋に来てほしいという符牒《ふちょう》である。その呼び出しに応じて、こうして足を運んできたのだ。

「一杯《いっぺえ》やりますかい」

「いや、いい」

四ツ（午前十時）を過ぎたころだった。まだ、酒を飲むには早い。店に客がいないのもそのせいであろう。

「富田屋のことだな」

「へい、片桐さんがしくじっちまいやしてね」

「なに、片桐さんが」

平兵衛は驚いた。右京が失敗するとは思っていなかったのだ。

「命に別状はねえようだが、すぐに、動くわけにもいかねえらしい。それに、今度の依頼には裏があるようなんで」

「裏とは」

「昨日、富田屋の使いの者が来やして、いままでの話はなかったことにしてくれ、と言い出したんで、そいつに問い質《ただ》すと、あるじの勝蔵が別の親分に始末を頼んだと口にしやして」

「別の親分とは」

「菊水でさァ」

「やつが、また、動き出したのか」

菊水仙右衛門、下谷にある菊水という料理屋のあるじである。おもてむきは、料理屋のあるじだが、島蔵と同様に殺し屋の元締《もとじめ》でもある。下谷、神田、本郷界隈の裏の世界を牛耳《ぎゅうじ》っているが、ちかごろ島蔵の縄張《しま》である本所、深川へも手を伸ばしてきたのである。すでに、平兵衛と片桐は菊水の依頼を受けた殺し屋に襲われ、返り討ちにしたことがあった。

「片桐さんの話だと、平塚に仕掛けたとき、別の男に襲われたとか」

「そいつが、菊水の手の者か」

「まちげえねえ。それに、平塚も菊水の息がかかっているとみていいようで」

島蔵は苦々《にがにが》しい顔をした。

「そういうことか」

平兵衛は、菊水の策が読めた。平塚が富田屋に途方もない高額を要求したのは、自分や片桐を引き出して始末するためなのだ。

「菊水の狙いは、旦那や片桐さんの命だけじゃァねえ。……こっちの裏看板でさァ。深川一の油問屋の富田屋に始末を依頼されて失敗し、しかたなく富田屋は菊水を頼んだ。その菊水がうまく始末をつけたらどうなると思いやす。深川はあっしの膝元ですぜ。……こういう稼業は、信用が第一でしてね。地獄屋としてはやっていけませんや」

「汚い手だな」

菊水にすれば、富田屋の依頼を受けて失敗することはないのだ。脅している平塚は菊水の指示で動いているのである。平塚を斬るまでもなく、深川界隈から姿をけさせればいい。

「このまま黙って見てるわけにはいかねえ」

島蔵はぎょろりとした目を平兵衛にむけた。憤怒《ふんぬ》で肌が赭黒《あかぐろ》く染まり、まさに閻魔《えんま》のような面《つら》になった。

「どうするつもりだ」

「勝蔵さんの依頼は、一月以内に平塚を始末してくれとのことでしてね。まだ、十三日ありますさァ」

島蔵は依頼どおり平塚を始末すれば、信用を失うこともなく、菊水にも深川に手をつっこめばどういうことになるか思いしらせることができると言い添えた。

「平塚だけではすむまい」

平塚のほかに片桐を斬った男がいる。

「へい、それで、旦那に」

島蔵は声を低くして言った。

「…………」

強敵だった。平塚はともかく、その男の腕は片桐より上なのである。しかも、期限は十三日しかない。

「それに、菊水をそのままにしておいたんじゃァ、いつまで経ってもけりがつかねえ」

島蔵はそう言って平兵衛の方に顔を上げた。牛のように大きな目が憎悪に燃えている。殺し屋の元締らしい凄味《すごみ》のある顔である。

「菊水を殺る気か」

「それも、お願えしてえと」

「孫八の手を借りられるか」

孫八は町人だが匕首《あいくち》をたくみに遣う。平兵衛と同様、長く殺しに手をそめている男である。

「すぐにも、話しますぜ」

「平塚ともうひとりの男を殺ってからになるが」

「分かっておりやす」

「やらねばなるまいな」

島蔵だけではなかった。平兵衛にとっても、この稼業をつづけるためには、菊水を斬らねばならなかったのである。

「ありがてえ」

島蔵はほっとしたように顔をくずすと、ふところに手をつっこんで、

「これは刀の研ぎ代で」

と言って、切《き》り餅《もち》をふたつ取り出した。五十両である。島蔵は、いまは用意できねえが、いずれ菊水の分は別にお渡ししやす、と言い添えた。

5

平兵衛は極楽屋を出た足で、神田岩本町へむかった。そこに、右京の住む長兵衛長屋がある。右京の傷が心配だったのと、

……襲った男のことを聞いてみよう。

と、思ったのである。

右京は腹にさらしを巻き、海老茶の単衣を肩にかけた格好で、部屋の隅の柱に背をあずけて足を投げ出していた。すこし頰《ほお》がこけ、やつれたような感じがする。

「安田さん、面目《めんぼく》ない」

右京は微笑《ほほえ》んで、腰を上げた。

「動いてもいいのか」

「浅手《あさで》ですよ。それに、血もとまっている」

右京は上がり框のところまで出て来て、腰を下ろした。その脇に平兵衛も腰をかけ、ふたり並んで、表の腰高障子を見る格好になった。

「めしは、どうしている」

右京はひとり住まいだった。四十五石の御家人の冷飯食《ひやめしく》いだったが、兄が嫁をもらったのを機に、家を出てこの長屋に住むようになったである。

「となりの大工の女房が世話焼きでしてね。手傷を負ってから、勝手に来てめしの支度をしてくれるんです」

右京は苦笑いを浮かべた。

「やられたのは、左の腹だな」

平兵衛は右京の腹部に巻いたさらしに目をやりながら、房蔵が腹部を一太刀に斬られていたという船頭の話を思い出した。やはり、右京を斬った男に房蔵も殺られたらしい。

「ええ、それが妖異な剣でして」

右京は、提灯の明りに目を奪われた後、男の姿が暗い闇のなかに溶けたように見えなくなったことなどを話した。

「提灯は、目を奪うためだな」

ひかりの消えた直後、視界が闇にとざされるのを利用し、構えや間合を相手に読ませないようにしたのであろう。

「でも、間合は読めました。かすかな輪郭と気配までは消せませんから……。それが、とどかぬと読んだ間合からやられまして」

右京の顔が困惑したようにゆがんだ。

「…………！」

たしかに妖異な剣だ、と平兵衛も思った。

右京ほどの腕になれば、闇のなかに姿が消えようとその気配で敵のいる位置は分かるはずで、間合を読みまちがうはずはない。

「それで、そやつの構えは」

かすかな輪郭でも、構えを察知できるはずだった。

「抜き打ちに斬ってきました」

「居合《いあい》か」

「いえ、居合ではないようです。抜刀から斬撃までに、居合ほどの迅さと鋭さはなかったようですから」

「うむ……」

ともかく、その男の遣う剣が看破《かんぱ》できぬうちは仕掛けられぬな、と平兵衛は思った。

「安田さん」

右京が平兵衛の方に顔をむけた。

「このままでは、わたしの気がすまぬ。あの男とやるときに、助勢させてくれませんか」

右京の目に、強いひかりが宿っていた。ひとりの剣客《けんかく》として、男の遣う剣を見極めたいのであろうか。

「そのときは頼む」

平兵衛はそう言ったが、無理だろうと思った。

期限はあと十三日しかない。それまでに、右京の傷が斬り合いに支障ないまでに回復するとは思えなかったのである。

それから三日後、孫八が庄助長屋に顔を出した。ちょうど、まゆみは裁縫《さいほう》を習いに家を出ていたので、話を聞くと、右京を襲った男の正体は分からない、とのことだった。

「ですが、いま、平塚が富田屋に来てますぜ」

孫八が目をひからせて言い添えた。

どうやら、孫八は島蔵から頼まれて菊水を見張っていたようである。孫八によると、八ツ半（午後三時）ごろ平塚らしい男が菊水を出たので、後を尾けると深川まで足を運んで富田屋に入っていったという。

「平塚の顔だけでも、見てみますかい」

「まちがいなく平塚なのか」

「へい、店の奉公人に訊いてみやしたから。やつは、六ツごろまで店に居座っていることが多いとか」

「よし、行ってみよう」

まだ、六ツまでには小半刻（三十分）あった。いまから行けば、平塚を見ることができそうである。

6

「旦那、やつが平塚で」

孫八が、富田屋の店先を指差しながら言った。

大柄な、いかにも無頼牢人といった感じの男が通りへ出てきた。そのまま大川端の道を両国方面にむかって歩いて行く。すでに陽は沈み、通りの家並の軒下や物陰などに夕闇が忍んできていたが、まだ上空に残照が残っていて往来の人影も多かった。

「尾けてみよう」

平兵衛は、右京を襲った男があらわれるかもしれないと思った。

尾行は楽だった。前方を歩いていく平塚の姿ははっきり見えたし、通行人の間にまぎれて物陰に身を隠す必要もなかったのである。

平塚はゆっくりとした足取りで歩いて行く。仙台堀にかかる上ノ橋を渡るころには、だいぶ辺りが暗くなり、人影もまばらになってきた。

平塚は橋上で立ち止まった。欄干《らんかん》に手を置いて、所在なげに川面に目を落としている。

「やつは何をしてるんです」

孫八が苛立《いらだ》ったような声で訊いた。ふたりは、板戸をしめた店の軒下の闇に身を隠して平塚に目をやっていた。

「待っているのだろう」

「何を」

「まだ、明るすぎるのかもしれん」

平兵衛は、どこかに右京を襲った男がひそんでいるのではないかと思った。その男が闇に身を隠すために、夜陰が必要なのかもしれない。

「それに、わしらが襲うのをな」

「やつは、あっしらが尾けているのを気付いてるんで」

孫八は驚いたような顔をした。

「それは、どうかな。……だが、やつはわしらをおびき寄せる餌《えさ》だよ」

平兵衛は平塚が富田屋に居座って六ツごろ出てここを通るのは、島蔵の手駒である自分たちをおびき寄せるためだろうと推測した。この道筋のどこかに、右京を襲った男が待機していて、餌に近寄った獲物を襲うのであろう。

そのとき、平塚が歩きだした。ゆっくりと橋を渡って行く。

「旦那、どうしやす」

「間をつめずに、尾けてみよう」

あるいは、途中で右京を襲った男と合流するかもしれぬ、と平兵衛は思った。

やがて、平塚は清住町へ入った。とっぷりと日が暮れ、通りは濃い夕闇につつまれていた。通りに面した表店は板戸をしめ、洩《も》れてくる灯もなくひっそりとしている。通りの先には寺と大名の下屋敷があり、人影もまばらになって辺りはしだいに暗く寂しくなってきた。平塚の足取りはさらに遅くなり、その肩が闇のなかで誘うように揺れている。

「旦那、仲間はあらわれませんぜ」

孫八は声を殺して言った。

「そうだな」

「殺るなら、いまで」

孫八の殺気だった目が、闇のなかでひかった。

「待て」

平兵衛は足をとめた。

孫八、見ろ、と言って、平兵衛は手をひらいて孫八の手の前にかざした。

「手が震えておらぬ」

殺しを意識すると、平兵衛の手は震えだすのだ。長年殺し屋として生きてきた平兵衛の体が、まだ、仕掛けるのは早い、と言っているのである。

「……………」

孫八は足をとめ、平兵衛の手を見つめていた。孫八も殺しを仕掛けるとき、平兵衛の手が震えだすのを知っていた。

ふたりはその場に立ったまま動かなかった。平塚の巨軀《きょく》が、しだいに闇のなかを遠ざかっていく。


翌日から、平兵衛は木刀と愛刀の来国光を持って本所番場町にある妙光寺に出かけた。この寺は無住の荒れ寺で、境内《けいだい》を杉や樫《かし》などの杜《もり》がおおっていて人目をさけて木刀や真剣を振るのにいい場所だった。平兵衛は殺しを仕掛ける前に、この寺で己《おのれ》の老いた体を鍛えなおし、敵を斃《たお》す工夫をするのを常としていた。

平兵衛は金剛流の達人だった。だが、老いて衰えた体に、斯道《しどう》の深みに達したころの強靱《きょうじん》な体力や俊敏《しゅんびん》な動きは望めなくなっていた。

平兵衛は、せめて真剣で敵と対峙《たいじ》したときの勘と一瞬の反応だけでもとりもどそうとした。そのためには、老体に鞭打《むちう》って己の体を極限まで追いつめる必要があった。

まず、木刀の素振りから始め、敵の動きを脳裏にえがきながら真剣を振った。時とともに、全身汗まみれになり、節々《ふしぶし》が悲鳴を上げ、心ノ臓がふいごのように鳴った。

……やつは、遠間《とおま》から左胴へくる。

分かっているのは、それだけだった。

それだけでも、およその太刀筋は想像できる。抜刀し下段か脇にとって、一気に胴へ斬り込んでくる飛び込み胴であろう。

むろん、それだけではないはずだった。

「妖異」

と、右京が称した剣である。平兵衛の想像を越えた特異な刀法を隠していることは、まちがいない。

だが、いまの平兵衛には遠間からの飛び込み胴を想定して真剣を振るよりほかに方法はなかった。ゼイゼイと喘《あえ》ぎ声を上げながら、平兵衛は真剣を振りつづけた。

　妙光寺に来るようになって、五日経った。その日、孫八が境内に顔を見せた。

「やっぱり、ここでしたかい」

　孫八は、平兵衛が殺しにかかる前、この寺で体を鍛えなおすことを知っていたのである。

「なにか、知れたか」

「それが、はっきりしたことは……。ただ、それらしいのが菊水のそばにおりやした」

　孫八によると、三十がらみのずんぐりした体軀の牢人が、菊水の敷地内にある離れで寝泊まりしているという。

「菊水の女中から聞き込んだんですがね。三月ほど前から離れにいるそうなんで。……名は安達直次郎《あだちなおじろう》、分かったのは、上州の方から流れてきたらしいというだけでして」

「そいつだな」

　平兵衛は直感した。

　平塚の出身地は武州と聞いていた。上州と武州は隣接の地で、中山道《なかせんどう》でつながっている。しかも、上州や武州の中山道の宿場には博奕《ばくち》打ちや無頼牢人も多いと聞く。平塚と安達が組んで、江戸へ出る前から殺しに手を染めていたとみていい。そうした殺戮《さつりく》のなかで、安達は闇夜でふるう特異な刀法を身につけたのであろう、と平兵衛は推測した。

7

戸口の障子があいて、土間に人の入ってくる気配がした。まゆみではない。平兵衛は研ぎかけの刀身を、脇へ置いた。仕事場といっても、八畳の座敷の隅の三畳ほどを板張りにして、屏風《びょうぶ》でかこってあるだけである。

「あっ、片桐さん」

喉につまったようなまゆみの声が聞こえた。まゆみは、土間の流しのそばにいたらしい。

平兵衛が立ち上がって、屏風越しに見ると、土間に右京が立っていた。

「安田さんに見てもらいたい刀がありましてね」

右京は端整な顔で、まゆみに微笑みかけながら言った。右京はまゆみとも顔馴染みだった。まゆみの前では、御家人で刀槍の蒐集家《しゅうしゅうか》ということになっている。

「茶を淹《い》れますから、ゆっくりなさってください」

まゆみは、前掛けで濡れた手をふきながら言った。まゆみは、端整な顔で物言いのやさしい右京を慕《した》っているようだが、顔には出さない。

「いや、今日は持参していないのです。安田さんに、ご足労いただきたいのだが……」

「それはいい。ちょうど、研ぎ疲れたところです。ごいっしょしましょう」

平兵衛はそう言うと、土間へ下りて草履《ぞうり》を履いた。

「傷の方は」

路地木戸から通りへ出たところで、平兵衛が訊いた。

「まだ、刀を自在にふるえませんが、歩くのに支障はありません」

「それはよかった。ところで、今日は」

右京が平塚と安達のことで来たことは分かっていた。

「安達に仕掛けるのは、いつです」

声を落として、右京が訊いた。

右京も安達のことは知っていた。平兵衛が孫八から安達のことを聞いた後、右京の長屋を訪ねて襲った男の体型を質すと、ずんぐりした体軀だったということなので、まず安達にまちがいないだろうということになったのである。

「今日、明日にも」

約束の期限まで、あと三日しかなかった。まだ、安達をやぶる工夫はついていなかったが、これ以上引き延ばすことはできなかった。

菊水を見張っている孫八から、平塚が富田屋にむかったという報《し》らせがありしだい、仕掛けるつもりでいた。

「安達を斃す工夫はつきましたか」

右京が歩をゆるめて平兵衛の方に顔をむけた。

「刀法ではないが、ひとつだけ……」

安達が提灯を使うのは、目眩《めくらま》しだと思っていた。姑息《こそく》な手である。ならば、こっちも相応な手を使ってやろう、と平兵衛は思ったのである。

平兵衛の策を聞くと、右京は、それはいい、と言って顔をくずした。

いっとき、右京は無言のまま平兵衛と肩を並べて歩いていたが、

「安田さん」

と言って、足をとめた。

「わたしに平塚を斬らせてくださせい。まだ、元締の依頼を果たしていませんので」

右京は思いつめたような目で、平兵衛を見つめながら言った。

「だが、その体では」

「たとえ、傷口がひらいても命にかかわるようなことはありません。それに、右手だけなら、刀もふるえる」

右京は、元締からもらった仕事料を返してないのです、と小声で言い添えた。

平兵衛は右京の気持ちが理解できた。金のためではない。右京は最初の仕掛けに失敗したが、なんとか期限内に平塚を始末して、約定《やくじょう》を果たしたいと思っているのだ。このまま終われば、右京は殺し屋としての信用を失うことになる。

「分かった。平塚は片桐さんにまかせよう」

そう言って、平兵衛は歩きだした。

8

妙光寺の境内には、薄闇が忍んできていた。まだ、頭上には青空がひろがっていたが、陽が西にかたむき、鬱蒼《うっそう》とした杉や樫の葉叢《はむら》が濃い影でつつんでいた。

「安田さん、安達たちは来ますかね」

本堂の階《きざはし》に腰を下ろしていた右京が声をかけた。

昨日から、平兵衛と右京は午後になるとこの寺に来て孫八からの報らせを待っていたのだ。

「来る、かならず……」

平兵衛は素振りしていた手をとめて答えた。

平兵衛には自信があった。昨日、孫八が話したことによると、まだ安達と平塚は菊水の許《もと》にいるとのことだった。ふたりが姿を消さないのは、右京や平兵衛を狙っているからである。ふたりが平兵衛たちをおびき出して襲うつもりでいるなら、富田屋に顔を出すはずだった。

「もし、あらわれなかったらどうします」

右京が訊いた。

「明日の夜にでも、菊水の離れに押し込まねばならぬな」

ただ、明日までに安達たちが仕掛けてくる保証はなかった。安達と平塚を始末する期限は、今日を入れて二日だけになっていた。

そのとき、山門の方で足音がした。

「孫八です」

右京が立ち上がった。

見ると、孫八が山門を足早にくぐってこっちへ走ってくる。

「だ、旦那、平塚が富田屋にむかいやしたぜ」

孫八が喘ぎながら言った。よほど急いで、来たらしい。

「よし、行こう」

平兵衛は手にしていた来国光を鞘に納めた。

孫八は、朽《く》ちかけた本堂のなかへ入り、貧乏徳利《どっくり》と黒い鉄製の水桶ほどの円筒状の物を持ち出してきた。捕物用の照明具の龕燈《がんどう》である。平兵衛が島蔵に話して調達してもらい、本堂のなかへ隠しておいたのだ。

「それじゃァ、旦那はこれを」

孫八は、酒の入っている貧乏徳利を平兵衛に手渡し、龕燈を後ろ腰にさした。

六ツ（午後六時）過ぎ、通りが暮色につつまれたころになって、平塚は富田屋を出た。いつもより足早に、大川端を両国方面にむかって行く。

半町ほど間をとって、平兵衛と孫八が尾け、さらにその後ろから右京がついてきた。通りを夕闇がおおい、人通りもまばらである。辺りはひっそりとして、汀に寄せる大川の水音だけがひびいていた。

平塚は上ノ橋を渡り始めた。橋上で足をとめなかった。すこし、足をゆるめただけである。上空を雲がおおっていた。辺りは夜陰につつまれ、平塚の巨軀が闇のなかにかすんでいる。

……この先に、やつがいる！

平兵衛の手が小刻みに震えだしていた。

殺しを意識すると、平兵衛の体は震えだすのだ。真剣勝負の恐怖と昂《たか》ぶりのためである。

「旦那、大丈夫《でえじようぶ》ですかい」

孫八が不安そうな顔で訊いた。孫八は平兵衛が殺しを仕掛ける前に震えだすことは知っていたが、こわばった顔で身を震わせている姿を見ると、やはり不安になるらしい。

「わしには、これがある」

そう言うと、平兵衛は徳利の栓を抜き、路傍《ろぼう》に立ち止まって一気に酒を飲んだ。

三合ほど飲み、すこし歩いて、また二合ほど飲んだ。酒が熱い血潮のように臓《ぞう》腑《ふ》から体のなかに染みて行く。しぼんだ葉が水を得たように平兵衛の全身に活力がみなぎり、丸まっていた背が伸びたように見えた。

平兵衛は己の手をかざして見た。震えはとまっている。

……殺《や》れそうだ。

と、平兵衛は思った。

前を行く平塚は清住町へ入っていた。すでに辺りは夜陰につつまれ、道筋の町家は板戸をしめ夜闇のなかに沈んでいた。

「そろそろだぞ、孫八、龕燈の火は」

平兵衛が振り返って訊いた。顔の筋肉がひきしまり、双眸《そうぼう》には獰猛《どうもう》な獣のようなひかりがあった。剛悍な殺し屋の顔に豹変《ひょうへん》している。

「いつでも、使えますぜ」

孫八は龕燈を手にしていた。すでに火が入り、ひかりが洩《も》れないよう円筒の前に黒布がかけてあった。

「よし、間をつめるぞ」

そう言って、平兵衛は足を速めた。

前を行く平塚は、寺の杜のそばまで来ていた。平塚の巨軀は闇につつまれ、ぼんやりとその輪郭が見えるだけである。

平兵衛は走った。孫八がつづき、後方の右京も仕掛けに気付いて足を速めたようである。

三人の足音に気付いたのか、平塚が立ち止まって振り返った。闇のなかに髭面が見えた。口元に嗤いが浮いている。

「うぬが、人斬り平兵衛か」

平塚が低い声で質した。平兵衛のことを知っていて、おびき出そうとしたようだ。

「名などどうでもよい。わしらは地獄の鬼だよ。うぬらは、菊水の飼い犬だな」

「その鬼の首を、百両で請けたのよ」

そう言うと、平塚は右手の路地に目をやり後じさった。

路地の闇のなかに提灯の灯があり、疾走して来る足音とともにこっちへ近付いてくる。

……あらわれたな！

平兵衛は鯉口を切り、抜刀体勢をとった。孫八が、すばやく築地塀の方へ走った。

9

見る間に提灯の灯が迫り、かすかに人影らしきものが見えた。夜気が動き、獲物を追う夜走獣のような気配がする。提灯は路地から通りへ出て、平兵衛と三間ほどの間をとって、対峙した。黒装束らしく、ひかりのむこうに額《ひたい》がうすく浮かび上がっているだけで、人相も識別できない。ずんぐりした体軀らしい。人影は丸く小柄だった。

「安達直次郎だな」

平兵衛が質すと、人影が揺れた。

名まで知られているとは思わなかったのであろう。だが、動揺したのは一瞬で、安達は無言のまま、手にした提灯を川岸の方へ投げた。

ひかりが平兵衛の視界をよぎり、土手のむこうへ消えた。一瞬、黒布がおおったように漆黒《しっこく》の闇があたりをおおった。間髪を入れず、鞘走る音がし、安達の身辺から痺れるような殺気が放射された。

そのときだった。突如、提灯の灯が消えた反対側からひかりが差し、闇をはらった。龕燈の灯である。孫八が黒布を取って、ひかりを当てたのだ。

ギョッ、としたように安達が背後に飛んだ。孫八のむけた明りのなかに、黒装束の安達の姿が浮かび上がった。茶のたっつけ袴に同色の筒袖、五尺にたらない短軀である。だが、腕や首が異様に太く、胸も厚かった。

総髪で丸顔、ぎょろりとした大きな目、分厚い唇。醜貌《しゅうぼう》だった。ひかりのなかで、戸惑うように顔をしかめている。

「うぬの目眩しの術、やぶったぞ」

平兵衛は抜刀し、刀身を左肩に担ぐように逆八相《ぎゃくはっそう》に構えた。平兵衛の必殺剣「虎の爪」の構えである。

「そうかな。……これで、互角になったまでよ」

安達の戸惑うような表情は消えていた。丸い目が底びかりし、剣客らしい傲岸な面構えにもどっている。

「金剛流、虎の爪、行くぞ」

「暗夜剣、受けてみるがいい」

安達は右手で柄を握り、刀身を背後に引いた。

脇構えだが、奇妙な体勢だった。上体を前にかがめ、左の素手を前に突き出すように構えている。

……まだ、何か秘めている！

平兵衛は察知した。暗夜剣と称する剣は、闇に己の姿を消すだけではないようだ。おそらく、間合であろう。右京が読み誤った間合は、この体勢のなかにひそんでいそうだった。あるいは、安達が闇を必要としたのは、この体勢を隠すためなのかもしれない。

そのとき、平兵衛の背後で右京の声と平塚の怒号が聞こえ、刀身のはじき合う音がひびいた。右京と平塚が斬り合いを始めたらしい。

つ、つ、と安達が間をつめ始めた。同時に、平兵衛が前に疾《はし》った。迅い。虎の爪は一気に身を寄せ、敵の動きに応じて袈裟《けさ》に斬り落とす太刀である。

龕燈の灯でゆれる薄闇のなかを滑るように人影が疾る。平兵衛と安達との間は四間の余。両者の寄り身で、間は一気につまった。

斬撃の間境の手前、半間ほど。

ふいに、安達の体が沈み、前にかざした左手が後ろへまわった。同時に、体をひねりざま、右手で握った刀身が円をえがいて振り出された。

……これか！

刹那、敵の斬撃を感知した平兵衛は、逆八相から斬り込んだ。敵の肩口へふるう刀身を、半間手前で振り下ろしたのだ。

キーン、と甲高《かんだか》い金属音が夜気にひびき、平兵衛の腰ちかくで青火が散った。斬り込んできた安達の刀身を打ち落とすべく、平兵衛が正面に斬り下ろしたのである。

次の瞬間、ふたりははじき合うように背後に跳び、ふたたび脇構えと逆八相にとっていた。

……見えた！

平兵衛は、安達の遠間からの刀法を看破した。

安達は右手で刀の柄頭《つかがしら》ちかくを握り、両腕をまわして体をひねり、ちょうど薙《な》刀《なぎ》を振りまわすように刀身を水平に振り出すのである。右手がまっすぐ前に伸び、さらに柄の長さがくわわって通常の払い胴より、四、五尺ほどは切っ先が前に伸びてくる。

常人には、このような太刀は遣えない。安達の膂力《りょりょく》と鍛えぬかれた上半身の筋肉が、可能にしているのである。安達の太い腕や厚い胸は、この剣を身につけるために鍛えられたものであろう。

……だが、二度はつうじぬ。

平兵衛は逆八相に構えたまま疾走した。

孫八が照らす龕燈の明りのなかを、平兵衛が疾風のように地を駆ける。

ヤアッ！

猿声のような甲声《かんごえ》とともに、安達の切っ先が平兵衛の左脇腹に伸びてきた。

刹那、平兵衛は逆八相に構えたまま寄り身をとめた。安達の切っ先が、刃《は》唸《うな》りとともに平兵衛の着衣を裂く。

が、皮膚までとどかない。切っ先の伸びを読んで、見切ったのだ。

タアッ！

鋭い気合とともに、平兵衛が踏み込みざま袈裟に斬り下ろした。

絶叫とともに、龕燈の明りのなかに血飛沫《ちしぶき》が驟雨《しゅうう》のように散った。凄まじい斬撃だった。安達は肩口から脇腹ちかくまで斬り下げられ、ひらいた傷口から鎖骨《さこつ》と肋骨《あばらぼね》が、巨獣の爪のようにのぞいていた。安達は瞠目《どうもく》し歯を剝《む》いて、つっ立っていたが、がっくりと膝を折り、そのまま前につっ伏すように倒れた。

「安田さん、やりましたね」

右京が走り寄ってきた。

その背後に、孫八のほっとしたような顔も見えた。右京は平塚を仕留めたらしく、白晳が返り血を浴びてどす黒く染まっている。

「暗夜剣とか……」

平兵衛がつぶやいた。

まさに、夜闇のなかで獲物を襲う獣の剣だ、と平兵衛は思った。

10

平兵衛は長屋の路地木戸から通りへ出た。研いだ刀を、依頼先に届けるつもりだった。しばらく歩くと、背後から駆け寄ってくる足音がした。孫八である。

「ちょうどよかった。旦那、動きやしたぜ」

孫八が身を寄せて小声で言った。

「菊水か」

「へい、さきほど店を出て、池之端にむかいやした」

池之端とは、不忍池のそばの池之端仲町《なかちょう》のことである。

安達と平塚を斬って半月ほど過ぎていた。この間、菊水を始末するため孫八がずっと見張っていたが、菊水はなかなか住居《すまい》にしている下谷の料理屋を出なかった。安達と平塚が殺られて警戒したのであろう。平兵衛たちは踏み込んで斬ることも考えたが、料理屋には菊水の手下の他に女中や奉公人などもいる。大騒ぎになれば、町方も乗り出すだろうと思うと、なかなか手が出せなかった。

「ひとりか」

「いえ、手下をふたり連れておりやす」

孫八によると、菊水は腕っ節の強そうな手下に左右を守らせるようにして、吉《よし》鶴《つる》という料理茶屋に入ったという。

「やっと、出てきたか」

闇の仕事の依頼かもしれない。ともかく、このまま住居に引きこもっているわけにもいかなくなったのだろう。

「やりやすか」

「やる。すぐに、片桐とつないでくれ」

料理茶屋に入ったとなると、店を出るのは、暗くなってからである。池之端の吉鶴は不忍池の端にあり、帰りに寂しい道も通るはずだ。またとない機会である。

「合点《がってん》で」

孫八は、寛永寺《かんえいじ》の黒門の前で、と言い置いて駆け出した。

暮れ六ツ（午後六時）過ぎ、平兵衛が黒門の前で待っていると、孫八と右京があらわれた。

不忍池の端には料理屋や出会茶屋などが多く、池の水面にぼんやりと灯が落ち、女の嬌声《きようせい》や三味線の音などが聞こえていた。池之端の通りには酔客や人目を忍ぶように添うように歩いている男女の姿などが見え、華やかななかにも淫靡な雰囲気がただよっている。

「孫八、菊水はいるかな」

「へい、吉鶴に入ったからには、酒だけじゃァすまねえはずで」

孫八は平兵衛の方を振り返って嗤った。吉鶴は、売女を置いていることでも知られた店だった。酒の後で女を抱けば、かなり遅くなると孫八は読んでいるようである。

「この辺りで、どうです」

孫八が立ち止まった。一町ほど先に、吉鶴が見えた。夜陰のなかに二階の座敷の明りが、浮き上がったように見えている。

そこは茅町にちかい通りで、左手の池の端には茅《かや》や葦《あし》などが群生していた。その向こうに池の水面がひろがり、さらに先には寛永寺の杜が黒々と夜空を圧していた。この辺りまで来ると、通りは急に寂しくなる。

道の右手に数本の桜が枝葉を茂らせていて、通りは濃い闇につつまれていた。

「いいだろう」

桜の樹陰に入れば、姿を隠すことができる。

「それじゃァ、様子を見てきやす」

そう言い置くと、孫八は吉鶴の方へ走り出した。

孫八の姿が夜陰に消えると、平兵衛は用意した徳利の酒を飲んだ。相手は町人だったが、それなりの高揚があり、いつもの斬殺前と同じように体が震えていた。五合ほど飲むと、平兵衛の体の震えはとまり、全身に気勢が満ちてきた。

一方、片桐はほとんど表情を変えなかった。水面を渡ってくる冷気をふくんだ風に、飄然とした姿をさらしている。

孫八は、なかなかもどらなかった。姿を見せたのは、その場を去って一刻（二時間）ちかくも経ってからだった。

「きやすぜ」

走り寄った孫八は、声を殺して言った。

通りの先に下駄の音がし、提灯の明りが見えた。人影は三つ、ぼそぼそと男たちの話し声が聞こえた。二番手にいるのが菊水らしかった。黒羽織に唐桟《とうざん》の小袖、大店の旦那ふうの身装が、足元を照らす提灯の明りに浮かび上がっている。

「安田さん、菊水を頼みます。わたしと孫八が、手下を」

右京が小声で言った。

平兵衛と孫八が、無言でうなずく。男たちの足音はしだいに大きくなり、濁声《だみごえ》や下卑《げび》た笑い声がはっきりと聞こえてきた。遊んだ女のことでも話しているらしい。

菊水たちが桜の樹陰に入ったところで、右京と孫八が飛び出した。右京が前へ、孫八が背後へ。前後へ逃さぬよう、手筈《てはず》を決めておいたのである。

「てめえら、盗人《ぬすっと》か！」

手下のひとりが声を上げた。大柄な男だった。ふところから匕首を抜いて、菊水をかばうように前に立ちふさがった。もうひとりの小太りの男は、すばやく背後にまわった。喧嘩慣れした男たちのようである。

「こ、こいつら、地獄屋の者だ！」

菊水がひき攣《つ》ったような声を上げた。

そのとき、手下が提灯を投げ、路傍で燃え上がった。その明りに、頰のこけた菊水の顔が般若《はんにゃ》のように浮き上がった。

炎の明りのなかで、孫八と右京が後じさった。ふたりの手下がつられたように前に出て、菊水と手下との間があく。

突如、平兵衛が暗がりから飛び出した。来国光を逆八相に構え、一気に菊水のそばへ駆け寄る。同時に、右京と孫八もふたりの手下に仕掛けた。

ワッ、と声を上げ、菊水が後ろへ逃げようとしたが、平兵衛の寄り身は迅速だった。菊水に反転する間もあたえず、平兵衛は斬撃の間に踏み込んでいた。

ズン、という重い手応えがあった。袈裟に斬り下ろした刀身は菊水の右肩から入り、鎖骨と肋骨を截断《さいだん》し、左脇腹へ達していた。

肩口から噴血を激しく撒き散らし、菊水は絶叫を上げながら倒れた。うつぶせになった菊水の傷口に、截断された骨が獣の爪のように白く見えた。シュル、シュルと血の噴出音が、辺りの闇を震わせている。

提灯は燃え尽きていた。辺りは濃い闇につつまれている。平兵衛は刀身を手にしたまま、闇のなかにつっ立っていた。老体を駆けめぐっていた血の昂ぶりが、しだいに静まってくる。返り血を浴びた顔が、むず痒《がゆ》い。

ちかくの闇のなかで、怒号や刀身と匕首の触れ合う音が聞こえた。平兵衛は動かなかった。右京や孫八が、菊水の手下に後れをとるようなことはないはずだった。

いっときすると、右京が近寄ってきた。仕留めたようである。白い頬や首筋が返り血に染まっていた。その白皙が朱を掃《は》き、双眸がうすくひかっている。

つづいて、孫八が駆け寄ってきた。こちらは、顔中血まみれで、ハァハァと荒い息を吐いていた。匕首で一突きというわけにはいかなったらしい。

「ふたりとも、顔が血だらけですよ」

こわばった顔をくずして、右京が言った。

「わしら三匹、地獄の鬼さ」

そう言って、平兵衛は手の甲で顔の血をぬぐった。

コスミック・時代文庫

闇《やみ》の用心棒《ようじんぼう》【一】

2024年 12月 25日　初版発行
2025年 2 月 2 日　2刷発行

【著 者】
鳥《と》羽《ば》 亮《りよう》

【発行者】
松岡太朗

【発 行】
株式会社コスミック出版
〒154-0002 東京都世田谷区下馬 6-15-4
代表　TEL.03(5432)7081
営業　TEL.03(5432)7084
　　　FAX.03(5432)7088
編集　TEL.03(5432)7086
　　　FAX.03(5432)7090

【ホームページ】
https://www.cosmicpub.com/

【振替口座】
00110-8-611382

【印刷／製本】
中央精版印刷株式会社

乱丁・落丁本は、小社へ直接お送り下さい。郵送料小社負担にて
お取り替え致します。定価はカバーに表示してあります。

ISBN978-4-7747-6613-3 C0193